SKYLINE
天 际 线

望远 知新

大卫·爱登堡
自然行记

Adventures of
a Young Naturalist

寻龙之旅

Zoo Quest for a Dragon

[英国] 大卫·爱登堡 著

李想 译　张劲硕 审校

译林出版社

图书在版编目（CIP）数据

　　大卫·爱登堡自然行记. 寻龙之旅／（英）大卫·爱登堡（David Attenborough）著；李想译. —南京：译林出版社，2021.11
（"天际线"丛书）
　　书名原文：Adventures of a Young Naturalist:
Zoo Quest for a Dragon
　　ISBN 978-7-5447-8821-2

　　I.①大… II.①大… ②李… III.①游记 – 作品集 –
英国 – 现代 IV.①I561.65

　　中国版本图书馆 CIP 数据核字（2021）第 174843 号

Adventures of a Young Naturalist　by David Attenborough
Copyright © 1956, 1957, 1959 by David Attenborough
This edition arranged through Hodder & Stoughton Limited
Simplified Chinese edition copyright © 2021 by Yilin Press, Ltd
All rights reserved.

　　著作权合同登记号　图字：10-2018-023 号

大卫·爱登堡自然行记：寻龙之旅
[英] 大卫·爱登堡／著　李　想／译　张劲硕／审校

责任编辑　杨雅婷
装帧设计　韦　枫
校　对　戴小娥
责任印制　董　虎

原文出版　Two Roads, 2017
出版发行　译林出版社
地　址　南京市湖南路 1 号 A 楼
邮　箱　yilin@yilin.com
网　址　www.yilin.com
市场热线　025-86633278
排　版　南京展望文化发展有限公司
印　刷　苏州市越洋印刷有限公司
开　本　850毫米 ×1092毫米　1/32
印　张　6.375
插　页　4
版　次　2021 年 11 月第 1 版
印　次　2021 年 11 月第 1 次印刷
书　号　ISBN 978-7-5447-8821-2
定　价　168.00 元（全 3 册）

大卫 · 爱登堡
David Attenborough

摄影：Ruth Peacey

目 录

第一章

前往印度尼西亚

按理说，一个由企业主导的团队想要成为闻名于世的"探险队"，至少需要数月的精心策划。团队必须为此制订详细的计划并获得相应的许可，无论是旅程清单、签证、日程表，还是精心标记的行李和设备，抑或是以大型货轮为起点，以光脚的运输工人为终点的交通运输链，都应该事无巨细地妥善安排。然而，我们没有为此次的印度尼西亚之行做任何实质性的准备，当查尔斯·拉古斯和我揣着前往雅加达的机票在伦敦登上飞机时，我无比希望行李中能有一份详细的旅行清单。

　　我俩从未去过远东地区，也都不会说马来语，在印度尼西亚更没有认识的朋友。甚至在几周之前，我们还决定不要随身携带太多的备用物资，因为十个人的探险队可能会挨饿，而两个人怎么着都能找到可以果腹的食物。鉴于同样的思维方式，我们也不曾考虑接下来的四个月里要在哪里睡觉及如何睡觉的问题。事实上，我们是在拜访印尼驻英大使馆后，才匆忙定下这趟行程的。那一天，大使馆的官员不仅热情招待我们，还承诺寄推荐信给印尼政府，请求他们为我们的印尼之行提供力所能及的帮助。然而，当我们在起飞前夜再次拜访印尼大使馆时，我们发现了一个天大的乌龙事件：由于他们记错出行的日期，那封信如今还安稳地躺在大使馆里。一位官员说，既然事情已经这样，不如你们自己带上这些信件，等到了印尼之后再寄出去，可能效果会更好一些。

印度尼西亚横跨赤道，西起苏门答腊岛，东至新几内亚岛的西部，绵延 3 000 多英里 *，环拥着爪哇岛、巴厘岛、苏拉威西岛、婆罗洲，以及散落其间的数百座小岛。虽然它的国土面积不大，但是东西距离却和美国相当。我们计划横穿这些岛屿，记录沿途见到的动物及各地的风土人情，最后抵达长约 22 英里，宽约 12 英里，坐落于群岛正中央的科莫多岛，寻找一种享誉世界的动物——地球上最大的蜥蜴。

很久以前，民间一直传说科莫多岛上生活着一种和龙一样的生物，当时还没有科学证据表明这种怪兽真实存在。据说，它们长着巨大的爪子、尖锐的牙齿、黄色的舌头，壮硕的身体上布满铠甲式的鳞片。这些传说是从周边的渔民和采珠人口中传出来的，他们是当地唯一一群能自如穿行于珊瑚礁的人。巨蜥生活的无人岛被危险的珊瑚礁所环绕，四周危机重重，所以几乎没有人可以抵达那里，也就没有人证实这些传说的真伪。1910 年，荷兰殖民政府的一位官员来到科莫多岛探险。他惊喜地发现民间的那些传闻都是真的，为了向世人证明这一点，他射杀了两条巨蜥，并把它们的皮剥下来带回爪哇岛，然后寄给一位名叫奥文斯的荷兰动物学家。奥文斯因此成为第一位在

---

* 1 英里约等于 1.6 千米。——编注

正式出版物中描述这种可怕动物的科学家，他将它们命名为科莫多巨蜥（*Varanus Komodoensis*）。不过，现在世界上绝大多数人更倾向于称它们为"科莫多龙"。

后来陆续发现的一些证据表明，科莫多巨蜥以岛上生活的野猪和鹿为生。它们尽管是食腐动物，但是也会积极地捕食猎物，粗壮有力的尾巴就是它们杀死猎物的致命武器。科学家们除了在科莫多岛采集到科莫多巨蜥的标本外，也在附近的林卡岛、弗洛勒斯岛的西部地区发现过它们的身影。除此以外，这种生物从未在地球上的其他地方出现过。科莫多巨蜥的分布区域如此狭窄的原因至今仍不得而知。不过现在可以确定的是，这种巨蜥是生活在六千万年以前的一种更大的史前巨蜥的后代，如今在澳大利亚还可以发现后者的化石。问题来了，科莫多岛的形成时间较晚，为什么巨蜥只生活在这座岛上，它们是如何抵达这里的，这些仍是未解之谜。我和查尔斯现在正坐在往东飞的客机上，对我们来说，如何前往科莫多岛，似乎同样是一个无解的难题。在伦敦，没有人能告诉我们应该怎么做，我们希望抵达印尼首都——爪哇岛的雅加达时，能够找到答案。

雅加达的建筑并不是典型的远东风格。这里有一排排整洁的白色筒瓦平房、钢筋混凝土建成的酒店、看上去像大气球一样华丽的剧场，以及荷兰殖民时期仅存的几座带有传统门廊的老建筑，和世界上其他热带地区的城市并没有差别。然而，雅加达的居民却不像这座城市里的建筑那样西方化。许多男人身着当地的传统服饰纱笼，这是一种穿在下身、可以覆盖到脚踝的围裙；多数人头戴黑色的天鹅绒帽，当地人称之为 *pitji*（礼拜帽）*，它是传统穆斯林服饰的一部分，如今被这个刚独立的国家视为民族团结的标志。不论属于什么种族，信仰何种宗教，几乎所有印尼人都戴这种帽子。

这里的大多数人都非常贫困。街道上聚满了用扁担挑着各种各样货物的小商贩，有的卖衣服，有的卖陶器；但更多的人在沿街叫卖小吃，扁担的一头是点燃的火盆，另一头是新鲜的食材，只要客人们付了钱，他们立马就能做出一道沙嗲———一种腌制过的竹扦烤肉。成排的贝塔克停在街道两旁，这是当地的一种人力三轮车，一旦拉上客人，它们便肆无忌惮地穿行于喧闹的美国汽车和叮叮作响的有轨电车之间，不禁让人为它们捏一把冷汗。每辆贝塔克上都绘有装饰性的图案，内容多为艳俗的景观或可怕的怪兽；车子的座椅下一般还会钉两根钉子，撑起一根长长的皮筋，当贝塔克快速行驶时，皮筋会发出响亮而欢快的声音。雅加达的主干道两旁开凿了运河，荷兰曾强迫其所有的殖民地在街道上挖凿这样的

---

* 本书中出现的斜体单词多为马来语，括号内为中文释义。——译注

运河。女人们成群结队地蹲坐在河岸上，洗衣服、洗水果，或者洗澡、游泳，还有一些人毫不避讳地把运河当成厕所。

总而言之，雅加达不仅是一个喧闹、拥挤、忙碌、肮脏的城市，而且非常非常地热。我们迫不及待地想逃离这里！

然而我们意识到，我们必须在雅加达住上几天，对相关部门进行礼节性的拜访，请他们批准我们的探险计划。我们原本以为有伦敦的大使馆开的介绍信，这趟印尼之行会一帆风顺，不曾想到仅仅在雅加达办理手续就要折腾一个多星期。我直到现在才清醒地意识到，今后的行程中还有更多意想不到的困难。这个刚刚成立的新政府正在推动一批原则性的大变革，社会环境非常不稳定。九个月前，这里还爆发过一次大规模的骚乱。另外，我们长着和荷兰人非常相似的面孔，这也招惹了不少麻烦。印尼曾被荷兰殖民，他们直到六年前才把殖民者驱逐出境，那场激烈的冲突持续数月之久，双方的伤亡极其惨重。我们请求印尼当局允许我们携带拍摄器材前往边远地区，其中包括雅加达官员从未听说过的一些地方。而且时间非常紧迫，我们为此付出了惨痛的代价。我们不得不在潮湿闷热的天气里奔波于各个政府办公场所；我们当中有一人要每天一大早赶到保税仓库报到，让海关清点设备，如此持续一个星期。除此以外，我们还必须申请财务清算单、军事许可证、公路通行证、农业和森林部的许可函，办理信息部、内政部、外交部及国防部对探险计划的批准函。尽管接待我们的每一位官员都非常友好，尽量在他们力所能及的范围内给予我们最大的帮助，但他们死活不愿意盖章，除非其他部门先认可他们的决定。

好在我们碰到了一位贵人。她在信息部工作，是一位魅力十足且富有同情心的女士，英语说得特别流畅，唯一不足的地方就是爱哭鼻子。当那些令人头疼的问题折腾我们一周后，她出现了。那时其他部门把我们踢到她那儿，让她盖一个特殊的、例行公事的章，以此作为一个审批项目的开端。为此，我们在她的办公室足足排了一个小时的队。她先是草草地翻了翻我们提交的材料，然后逐字逐句地阅读那份需要盖章的申请。不一会儿她抬起头，厌倦地摘掉眼镜，露出一个苍白的笑容。

"你们为什么想要这个？"

"我们来自英国，来印尼打算拍一些纪录片，希望能游览爪哇岛、巴厘岛、婆罗洲，还有科莫多岛。我们计划拍摄野生动物，也想捕一些动物带回去。"

听到我说"纪录片"时，她的脸上绽放出笑容；而我提到"游览"时，她的表情开始变得僵硬；最后一句"野生动物"让她的笑容彻底消失。

"*Aduh*（哎呀），"她悲伤地说道，"我认为这个计划不可行。然而，"她轻快地补充道，"我可以为你们安排其他任何行程。你们可以去婆罗浮屠。"她指了指一张贴在墙上的旅游海报，海报上的图案是爪哇岛中部的一座巨大寺庙。

"*Njonja*（女士），"我说，这是印尼人对已婚妇女的正式称呼，"虽然那里非常壮观，但是我们来到印尼的目的是拍摄动物，而不是寺庙。"

她看上去有点吃惊。

"每个人，"她严厉地说道，"都会去拍摄婆罗浮屠。"

"或许吧。但是我们想拍的是动物。"

她拿起刚刚盖完章的申请，伤心地把它撕成两半。

"我觉得，"她说，"对你们来说重新开始比较好。一个礼拜后再来吧。"

"可是我们明天就能来啊，况且我们在雅加达也待不了那么长时间。"

"明天，"她回复道，"是开斋节，是我们穆斯林最隆重的节日。公休假日从明天开始。"

"这个假期要持续一整个礼拜？"查尔斯不耐烦地问道。

"不是。这个假期结束后，紧接着就是圣灵降临节，那是另外一个假期。"

"可是，"我说，"你们是穆斯林国家，又不是天主教国家。你们不会在所有的宗教节日都放假吧？"

在这几周的谈判中，这是她唯一一次没有表现出任何攻击性。

"为什么不行？"她激动地说道，"我们在获得自由的时候，就和总统说希望所有的节日都放假，而且他也同意了。"

时光飞逝，转眼又过去了一周。尽管我们已经解决了绝大多数问题，但是新的麻烦仍在不断涌现，为此我不得不飞往位于爪哇岛东部的泗水，申请更多的许可，查尔斯则一个人在雅加达继续"战斗"。当我从泗水返回时，信息部的朋友已经帮我们摆平所有的难题。在这期间，查尔斯填了一式八份的、迄今为止我们见过的最详细的表格，每一份都要贴上专门拍摄的他的正脸和侧脸照片，按上他所有的指纹，还要盖几枚特别重要的印章。为此，查尔斯花了整整三天时间，每天不停地排队，不过他觉得这都可以理解，对最后的结果也相当满意。然而，我却开心不起来。

我说："女士，我是不是也要填这些表格？"

"不，不，没这个必要。正如你所说的那样，这是一个奢侈品。我看你离开之后，拉古斯先生无所事事，就给他找点事做。"

我们在雅加达耽搁了整整三周时间，但是跟刚来时相比，我们似乎并没有离此次行程中需要的所有政府许可更近一步。我决定向我们的"盟友"吐露心声。

"明天，"我故意说道，"我们必须得离开，不能继续在办公室里浪费时间了，我们实在等不起了。"

"好极了，"她说，"你说得很对，我立马给你们办理去婆罗浮屠的手续。"

"女士，"我说，"请允许我最后说一遍，我们是动物学家。我们是来找动物的，不会也不可能去婆罗浮屠。"

站在婆罗浮屠前的时候，我们非常感激那位女士的劝说。她一直那么坚持，到了最后，我们都忍不住要接受她的建议，哪怕只是为了逃离雅加达的官僚主义带来的挫败感。她说，为了庆祝佛祖诞辰两千五百周年，这里将举行一场盛大的仪式，正是她的这番话，最终瓦解了我们的抗拒。我们推断，这座寺庙位于向东前往科莫多岛的路上，它至少不会打乱整个行程；除此以外，我们如果在半路上发现需要其他的手续，可以直接去省城办理。但是，当真正地见到这座寺庙时，它带来的巨大视觉冲击，让我们未来的计划都不再重要。神殿、壁龛、舍利塔层层叠叠地矗立在富丽堂皇的金字塔上，将山坡覆盖；山顶有一座巨大的钟形佛塔，它比山下最大的建筑还要大上数倍，其尖顶直插云霄。我们登上顶峰，极目远眺，脚下的爪哇平原被一片绿油油的水稻田和棕榈林所覆盖；引首以望，一座蓝色的锥形火山坐落在远处的地平线上，火山口喷发出的烟柱在绿松石般的天空中蔓延。

寺庙四周设有入口。入口的拱门上雕刻着造型怪异的面具，它那双恶狠狠的眼睛正好位于门楣之上。我们从东边拾级而上，穿过一座拱门后，才发现这座寺庙内藏乾坤。从远处看，它像一座由石头砌成的金字塔，但是内部隐藏着一系列高墙走廊，它们环绕在每一层平台的边缘。这些走廊都是露天的，被围在高高的栏板之中。两侧的墙壁里镶嵌着精美绝伦的带状浮雕，上面装饰着花卉、树木、花瓶和丝带等图案。佛龛中的佛像结跏趺坐，双手施印，凝神沉思。走廊的墙面如此之高，以至于我们四周及头顶全部都是雕刻着精美图案的建筑构件。

我们沿着走廊在每一层平台上慢慢绕行，全部看完才会继续往上爬，脚下的凉鞋踏在磨损的石板上，发出的清脆声响在走廊中萦绕。佛塔四面的佛像姿态各异。东边的佛像施触地印；南边的佛像施与愿印；西边的佛像施禅定印；北边的佛像则将左手放在大腿上，右手施无畏印。底层露台的墙壁上镶嵌着带状浮雕，展现了佛祖年轻时的生活。佛祖位于画面中央，国王、大臣、战士和漂亮的女人们紧紧地簇拥着他。在许多带状浮雕的背景和角落里，工匠们雕刻了一些迷人的动物，如孔雀、鹦鹉、猴子、松鼠、鹿和大象等，使得整幅作品更加完整。相比之下，露台越高，雕刻则越朴素，似乎洗去了尘世的铅华，内容多为佛祖传道和为苍生祈福。

　　我们从第五层露台，也就是最后一层露台继续往上爬，来到三层圆形平台的第一层。这里的氛围截然不同，不仅带状浮雕不见了，就连原本四四方方、四角分别对应罗盘上的四个方位的走廊，也被圆润的圆形露台所取代。离开幽暗的走廊，眼前的景色豁然开朗，只见七十二座钟形佛塔依次排开，环绕着中央巨大的佛塔。这些佛塔是中空的，四周开凿出一个个方格，半掩着一尊说法造型的佛像。七十二尊佛像中只有一尊暴露在外，没有佛塔的保护。在最后也是最高的一层平台上，坐落着一座光洁且毫无特色的巨型佛塔，塔尖高耸。这就是整个寺庙的核心和制高点。

　　婆罗浮屠始建于公元 8 世纪的中叶，这是佛教建筑修建的黄金阶段，尽管如此，婆罗浮屠仍可以称得上是这一阶段的最佳范例。这座用石头堆砌的建筑的每一处细节，都象征着佛教世界的格局。我们没有看到婆罗浮屠的最底层的露台，因为它被掩埋在现存地基下。据说，为了防止基座被上面堆砌的巨大石头压塌，寺庙的建造者们不得不将最底层掩埋在泥土中。如今，当掩埋的那一层被一点点清理出来时，人们发现上面刻画的内容是惨烈的地狱场景，所以也有人认为这一层是作为寺庙的象征性设计的一部分，被有意掩埋在地下。信徒进入寺庙之前，必须抑制和摒弃所有尘世间的感情和欲望。当他们拾级而上，沿着走廊在每一层露台绕行时，他们象征性地再现了佛祖的生平事迹，逐渐脱离了凡尘的糟粕，以此净化他们的精神世界，从而上升到一个新的境界；登得越高，他们的精神世界就会变得越纯洁，最终与那座最大的佛塔融为一体。

婆罗浮屠落成不久，印度教就取代了佛教，成为这个国家的国教。六百年后，印度教被驱逐出爪哇岛，信徒们到巴厘岛避难，直到现在，那儿仍有不少印度教的信众。这座巨大的寺庙逐渐被人们所遗忘，它孤独地坐落在这座小山上，最终变成一座孤岛。如今，佛教在爪哇地区几乎消亡殆尽。尽管如此，漫步在婆罗浮屠走廊里的人们依旧能感受到它所迸发出的力量和存在感。周边的居民还是非常尊崇它；那尊暴露在外、没有佛塔保护的佛像手里常常放满人们供奉的鲜花，前来参观的游人仍然络绎不绝。

一年一度的佛诞节庆典定于晚上举行。随着夜幕降临，

婆罗浮屠最顶层露台上暴露的佛像

喧闹的人群沿着既定的线路登上最高层露台，围绕在那尊露在外面的佛像周围。突然，佛像旁边出现两个剃着光头、身着黄袍的僧侣，他们在那里热烈地讨论着什么。有人说，那个大和尚专程从泰国赶来组织这次庆典活动，他正在和另一个负责人讨论具体流程。后来，僧侣们一边引导着心不在焉

的人群在露台上转圈，一边诵经祈福。人们将装满水的矿泉水瓶依次摆放在佛像的脚下。仪式结束后，大家蜂拥至佛塔的周围，不是坐在塔基上，就是靠在塔尖上，有说有笑的，一点也不虔诚。一位印尼籍的摄影师不耐烦地大叫起来，试图驱赶镜头前的人，好让自己可以清楚地拍到佛像。一位僧侣见状非常愤怒，他大声地呵斥，让人们从神圣的佛塔上下来，但是收效甚微。一些比较虔诚的信徒则继续在佛像下打坐念经。一位盘腿而坐、凝神沉思的僧侣毫无征兆地站起来，发表了一段热情洋溢的讲话。我问身边的人他在说什么。

"刚才，"他答道，"他介绍了佛祖的生平。现在他在问谁是开车来的，能不能把他带回城里。"

礼佛的人要在这里通宵打坐冥思。我们跟着喧闹的人群一起熬到午夜。在煤油灯投下的幽暗的灯光里，佛像孤独地坐着，脚下是一堆燃尽的香和一排廉价的矿泉水瓶，一旁的人群肆无忌惮地在那儿笑闹。

我们在喧闹的"冥思"中离开了婆罗浮屠。

第二章

忠诚的吉普车

婆罗浮屠之行让我们摆脱了雅加达官方的种种限制，现在我们可以自由自在地在爪哇岛上漫游，尽情地搜寻野生动物了。我们的当务之急是租一辆车，因此我们不得不坐上前往泗水的火车，这是爪哇岛东部最大的城镇。然而，我们到了以后才发现，想在这里租车简直是天方夜谭。我们似乎又要陷入无尽的厄运，忍受长达数周的折磨了。就在此时，幸运之神降临了。我们在一家中餐馆遇到了达恩和佩吉·胡布莱希特夫妇，和他们一起享用了燕窝汤和油炸蟹腿。达恩出生在英国，但是父母都是荷兰人，他熟练地掌握了荷兰语、英语和马来语，在泗水城外不远的地方经营着两家制糖厂。达恩痴迷于航海、磨刀及东方音乐，除此以外，他还和我们一样非常热衷于探险。当听到我们的计划后，他立马让我们搬出酒店，住到他家里，把那儿作为我们的大本营。他的妻子佩吉非常支持他的安排。第二天，我们按计划搬了过去，只见房间里杂乱地堆积着相机、录音机和一摞摞胶卷，还有一堆堆脏衣服。对于我们的到来，佩吉不仅不介意，还很高兴，她说就是多两张吃饭的嘴而已。

晚上，达恩翻出地图、船期表和时刻表，为我们的行程制订周密详细的计划。他告诉我们，爪哇岛东部的人口相对比较稀疏，有好几处茂密的原始森林，我们在那里应该能发现我们想要寻找的动物。此外，岛上最东边的小镇外梦南距离神奇的巴厘岛仅有 2 英里，两地之间定期运营摆渡船。他紧接着开始翻阅自己的轮船航行计划表，表示五周后他有一艘货轮将要离开泗水，前往婆罗洲。如果我们能赶在那之前完成爪哇岛和巴厘岛的行程，那么他可以提供几个铺位，如此一来，我们就可以马不停蹄地前往婆罗洲，开启新阶段的探险活动。现在我们只剩下唯一的难题——找一辆车，达恩说这事包在他身上。

"我们有一辆破旧的吉普车，一直停在厂里。"他说，"我回头去看看能不能让它起死回生。"

两天之后，这辆加满燃油的吉普车就停在了胡布莱希特家门口，它的里里外外都经过了检修，并重新上了润滑油。第二天早晨，我们五点起床，把设备和行李搬到车上，在由衷地感谢胡布莱希特夫妇的盛情款待和无私的付出之后，便驾着吉普车一路向东，朝着未知的目的地进发。

虽然这辆车的性能特别好，但是单看构造，它无疑是一个罕见的机械怪胎，它身上的零部件来自多辆型号及品牌完全不同的汽车。由于年久失修，车内仪表盘里的大多数仪表都遗失了，现在替换上的这些大多是移花接木，以电压表为例，上面的文字和刻度清楚地显示它曾是空调机的一部分。汽车喇叭其实就是一片拴在转向管柱上的弯曲金属片，为了避免接触不良，达恩把连接处的油漆和污垢刮了。这种做法虽然非常有效，但是它有一个缺点——我们每次按喇叭时都会被电到。除此以外，汽车的轮胎不仅品牌不同，就连尺寸也略有不同，但是它们在没有轮胎表面花纹这件事上，却出奇地保持一致——除了一两处用白色帆布打的补丁外，每条轮胎光滑得可以当镜子来用。总的来说，它是一辆心地善良、精力充沛的代步车。我们一边高声歌唱，一边激动地驾驶着它在路上飞驰。

这是一个阳光明媚的早晨。连绵起伏的火山群在右边的地平线上一字排开，构成爪哇山脉的一部分。路边是齐膝深的梯田，农民们戴着巨大的锥形草帽，弯腰站在泥泞的稻田里插秧。一群白鹭在周边的泥水里忙着觅食。远处，一大片刚刚吐出嫩叶的稻苗化成一团薄雾，笼罩在棕色的水面上，水中倒映着白云、火山和蓝天。

道路两旁长着高大的相思树，路面笔直地向前延伸，但不是很平坦。我们偶尔能碰到有着巨大木质车轮的吱吱作响的牛车，驾车的都是包着头巾的农民。当地人喜欢把稻谷整齐地铺在路面晾晒，为了避免碾轧到它们，我们在行驶中多次急转弯。我们途经很多小村庄，除此以外，路上还有许多奇怪的路标，和我们在其他地方看到的都不一样。如果道路拥挤，我们或许还会紧张，但是放眼望去，没有其他车辆，所以我们一路都比较轻松。

安全地行驶五个小时后，我们进入一个小村庄，就在这时，一个腰间别着左轮手枪的小警察突然跳到路中央，站在我们的车子前。他一边舞动着自己的手臂，一边拼命地吹哨子。我们见状立马熄火。他把头伸进车窗，喋喋不休地说着印尼语。

"非常抱歉，警官先生，"查尔斯用英语回复道，"我们是英国人，不会说印尼语。请问我们是不是违反了什么交通法规？"

警察依然叫嚷着。我们出示了护照，可这似乎让他更恼火了。

"*Kantor Polisi. Polisi! Polisi!*（警察局。警察！警察！）"他怒吼道。

我们觉得，他可能是想让我们和他一起去警察局。

随后，他把我们带到一间简陋的、刷着白色涂料的房间，八个穿着卡其色制服的警察神情凝重地围坐在一张堆满文件和橡皮印章的办公桌前。最中间的那位应该是级别最高的长官，因为他的肩章上有两根银色条纹，而且配的手枪也更大。我们再次为不会说印尼语而道歉，紧接着出示了介绍信、许可证、护照、签证等所有的证明材料。那位官员面露愠色，草草地翻阅着材料。他只对护照感一点兴趣，查尔斯那一大套按满指纹的表格则被完全忽略。最后，他从那一沓证明材料中抽出一张。那是伦敦动物学会的会长开的介绍信，它将我们引荐给新加坡的一个权威机构。他读道："请在动物饲养方面给予持本信件的人力所能及的帮助，本学会将表示衷心的感谢。"他皱了皱眉头，仔细地核查着签名和铜版印刷的抬头。我和查尔斯一边紧张地赔着笑脸，一边给坐在长椅上的巡警们递烟。

那位官员小心翼翼地将文件叠成一摞。他不慌不忙地将一根烟蒂捻在嘴里，把它点燃，然后靠在椅背上，朝着天花板吐出一口烟。突然，他做出了决定。他站了起来，粗声粗气地说着什么，可我们一句也没有听懂。逮捕我们的那个巡警示意我们往外走。

"我希望是单间牢房，"查尔斯说，"不过，我还是想知道我们到底做错了什么！"

"我怀疑，"我回应道，"我们刚刚在单行道上逆向行驶了。"随后，我们跟着巡警来到停吉普车的地方。

他示意我们上车。

"*Selamat djalan*（旅途愉快），"他说，"一路平安。"

查尔斯激动地握着他的手。

"你知道吗，警察先生？"他说，"你实在太好了！"

我们特别地真诚。

深夜，我们终于抵达外梦南。战争爆发之前，这个小镇非常繁荣，从它的港口发出的渡轮，是爪哇岛和巴厘岛之间最主要的交通工具之一。近年来，由于航空运输业的兴起，它的重要性逐年降低，即便如此，小镇依然保留了许多原来繁荣时的迹象，例如汽油泵、剧院和办事处。外梦南唯一的酒店坐落于镇中心的广场上，虽然地理环境特别好，但是破败不堪，非常杂乱。我们走进一间由混凝土砌成的小房间，整个房间狭窄而潮湿，墙壁上粉刷着一层白色石灰粉，刚进屋，一股浓郁的霉味就扑面而来。房间里有两张床，为了防止蚊虫叮咬，每张床还安装了一个由木头和铁丝网制成的特殊"蚊帐"，这让它们看上去像两个大号的橱柜。蚊帐里面的空间十分局促，要是它的外面有足够的空间，我宁愿睡在外面被蚊子叮，也不想因为睡在里面而患上幽闭恐惧症。

根据法律及向雅加达政府提交的承诺，我们必须在第二天前往当地的警察局、林业局、信息部等部门汇报行程。信息部的官员得知我们要在周围的乡下寻找野生动物后，表示有一点点担心。由于无法说服我们放弃这个计划，他只能指派办公室的一位办事员作为我们的向导和翻译。面对如此友善的坚持，我们别无选择，只好接受。

　　我们的向导叫优素福，是一个清瘦修长、郁郁寡欢的年轻人，在他看来，花一周的时间沿着海岸线在小村落里搜寻野生动物，可不是一件好差事。第二天，他穿着一身整洁的白色工作服，拎着一个巨大的公文包来到酒店，带着些许殉道者的语气说，他已经准备好和我们一起去"热带雨林"了。查尔斯坐在驾驶位驾驶着吉普车，优素福则坐在副驾驶位上，而我只能坐在他俩中间，两条腿跟变速杆缠在一起。我们告别外梦南，朝着达恩建议去的地方进发，据说那里有一片迷人的森林。我们在沿途的每一座小村庄都会停留，在词典和优素福的帮助下对村庄周边野生动物的情况做一次调查。随着时间的流逝，路况变得越来越差，沿途的村庄越来越分散，乡村也更为原始，而山却越来越多。临近黄昏，我们驾驶着吉普车来到一个陡峭的山口，到达顶点时，我们又惊又喜，甚至忘记了呼吸。在我们下方300英尺*处的山脚下有一道宽阔的海湾，它的边缘被一片茂密的棕榈树林所覆盖，海面上一道道乳白色的浪花不断地涌向陆地，在白色的珊瑚沙海滩上发出轰鸣。我们抵达印度洋了。夕阳西落，山下的村庄闪烁着黄色的灯光。

---

* 1英尺等于30.48厘米。——编注

把吉普车从沼泽中挖出来

接下来的几天，我们把绝大多数时间都用在探寻村庄后面的森林上了。正午时分的森林里除了充斥着昆虫尖锐的鸣叫声外，似乎没有任何生机。这里既潮湿又闷热，地面长满尖刺和多节的匍匐植物，偶尔还能碰到一朵悬垂的兰花。这个钟点在森林里闲逛，绝对是一种怪诞的经历。这就如同深夜时分徘徊于小镇，街道上虽然空无一人，但到处都是废弃的杂物；人类活动留下的痕迹虽然微不足道，但是总能引发无限的联想。我们在正午的森林里不仅能看到动物留下的皮毛、脚印及粘在洞口的毛发，还能发现它们吃剩下的已经腐烂的果皮，这些痕迹清楚地表明，很多动物可能就在离我们不远的藏身之处呼呼大睡。

相比之下，清晨的森林则生机勃勃。这时候大多数夜行性动物还在外面游荡，有些昼行性动物已经起来觅食。一般来说，这样热闹的场面只会持续数小时。当太阳完全升起，气温升高时，填饱肚子的昼行性动物会心满意足地找地方打盹，而夜晚行动的动物则早就躲进了洞穴。

优素福从不和我们一起行动，他说待在"热带雨林"里非常难受。大约一周之后，我们遇到一位中国籍的橡胶园农场主，他正打算驾车前往外梦南。优素福当即决定和他一起返回镇上。我们虽然有点难过，但绝对谈不上悲伤。优素福迫不及待地收拾完行李，丢下我们两个，独自一人坐上农场主的车出发了。

当宣称对动物感兴趣后，我一直担心村民们会对我们没有拿出来复枪猎捕老虎而感到失望。我们成天只观察蚂蚁、蜥蜴之类的既普通又毫无特色的动物，让他们非常疑惑。尽管这样，一个老头还是会每天都来看望我们，偶尔也会带一些蜥蜴或者蜈蚣。还有一次，他不知从哪儿弄到一盆鲀，给我们端了过来，每一条鲀都气得鼓鼓的，像一个个奶油色的小球。就在我们打算离开这个村子的两天前，他领着一小群人，兴高采烈地来到我们的小木屋。

"Selamat pagi（早安），"我说，"早上好啊。"

作为回应，他把一个说马来语的小孩推到我们面前。经过一番费劲的交流后，我们总算弄清楚是怎么回事，原来这个小孩昨天去森林里收集藤条时碰到了一条大蛇。

"Besar（大），"男孩说道，"大，特别大。"

为了描述那条蛇的尺寸，他用脚趾在地面上画了一条直线，在距它六步远的地方，又画了一条直线。他指着地面上的两条线，不断重复着"Besar"。

我们点了点头。

爪哇岛已知的所有蛇里，仅有两种能达到这样的尺寸，并且它们都是蟒蛇。一种是亚洲岩蟒，它可以长到25英尺长；另一种是网纹蟒，它的长度则更长，曾经有人见过一条长达32英尺的恐怖的网纹蟒，这也是到目前为止世界上最长的蛇。如果小男孩看到的这条蟒蛇真有18英尺长，那它确实是一个难以对付的家伙，要是不小心让它缠住，肯定会被挤压致死。临行前我曾向伦敦动物园承诺，如果有条件捕捉一条"又大又好看的蟒蛇"，我们一定会采取行动。

实际上，业界公认的捕捉蟒蛇的方法非常简单，而且相对安全可靠。它至少需要三个人通力合作才能完成，为了更加安全，这种方法建议蛇有多少码就安排多少人。方法指出，在领队分配任务之前，勇敢无畏的猎人们应该与蛇保持适当的距离。团队中的一个人负责蛇头，一个人负责蛇尾，剩下的人则负责中间盘起来的部分。安排妥当后，领队一声令下，每个人各司其职，抓住自己负责的那一部分。为了确保万无一失，负责蛇头和蛇尾的人一定要同时行动，这一点至关重要；但凡有一头失控，蛇就能缠住负责另一头的人，开始用力挤压。因此，团队成员相互信任也非常重要。

　　我略带疑惑地看着眼前这支临时组建的队伍，虽然每个人都勇气可嘉，但是我怀疑自己有没有这个能力把捕蛇"战役"的计划准确无误地传递给大家。

　　为了让大家理解这个计划，我喋喋不休地说了好久，还在地上画了一幅示意图。紧接着，我又花了一刻钟时间，让另外五个人相信，他们没有被我纳入这次计划，不用担心自己的安危。由于查尔斯需要负责拍摄，如今只剩下老人、小男孩和我。所以，我只能安排老人负责蛇尾，小男孩负责中间那截，而我自己则负责蛇头。我貌似领取了最危险的任务，不过这正是我所期望的。尽管我要冒着被咬的危险，但是蟒蛇的尖牙并没有毒，造成的后果甚至还不如一般动物的抓伤。

事实上，控制蛇尾的那个人才最辛苦，因为蛇遇到危险时，通常会从泄殖腔喷射出大量难闻的排泄物。

当我确定他俩愿意帮忙，并且明白各自的职责时，才安排大家收拾设备。一切准备就绪后，我们往森林走去。小男孩走在最前面，用他的帕兰刀*在浓密的灌木中砍出一条小径。我拿着大布袋和绳索紧随其后。老人背着一些摄影器材走在我后面，查尔斯拿着摄像机走在最后面，随时准备拍摄。要说现在一点都不紧张，可能连我自己都不信。我特别讨厌徒手捕捉毒蛇，因为稍有差池可能就要面对死亡，即使侥幸活命也要忍受数周由蛇毒带来的极大痛苦，但是我比较钟爱无毒的蟒和蚺。不过话又说回来，我到目前为止还没有捉过一条长度超过 4 英寸**的蛇，而且我对帮手也没有足够的信心，真不知道当我大喊 "Mendjalankan"（开始行动）之后，他们除了勉强记得我千叮咛万嘱咐的任务之外，还能不能采取任何应急措施。为了沟通方便，我特地从词典里挑了这个词，再三确认它的意思是"执行"，我期望这样用没问题。

道路变得越来越陡峭。我们在爬坡的过程中遇到一片竹林，艰难地在吱吱作响的茂密竹茎之间穿行，衣服被汗水浸湿，身上落满了黑色的尘土和干燥的碎叶。接着，我们穿过

---

* 马来人常用的一种刀。——译注
** 1 英寸等于 2.54 厘米。——编注

一片空地，我突然瞥见大树的树冠覆盖着我们下面的山坡和宽阔的海湾，一直绵延到1英里外的村庄。没过多久。小男孩停下来指了指地面，只见一截生锈的铁丝和几块破损的混凝土块从匍匐植物的绿色叶片下冒了出来，显得特别突兀。我们小心翼翼地跨过去，惊奇地发现叶片下面还有一个用混凝土浇筑的深坑。深坑的附近是一条依山势修建的沟渠。这不禁让我想起中美洲和中南半岛的森林里发现的那些荒废的古代历史遗迹。

男孩打破沉默。

"轰隆！轰隆！"他说，"*Besar. Orang Djepang.*（大。日本人。）"原来我们发现的是日本人在三十年前修建的炮台的遗址，当时他们入侵并占领了整个爪哇岛。

我们在山坡上继续前行。过了一会儿，小男孩再次停下来，指着地面说，昨天就是在这儿看到了蛇。我们卸下身上的装备，然后分头在矮树林里寻找那个家伙。当我抬头看着缠在树枝上，如同迷宫一般的藤蔓时，我怀疑即使蛇出现在眼前，我也发现不了它。这时突然传来老人激动的尖叫声。我立刻跑过去，只见他站在空地上的一棵小树下，见到我之后便指了指树枝。一条大蛇缠绕在大树枝上，露出白花花的肚皮。但我也只能看出这么多了；由于这条蛇缠在错综复杂的藤蔓之中，周围枝繁叶茂，光影交错，让人根本无法辨别它的头尾。这下麻烦大了：我的"捕蛇大法"没有记载如何捕捉一条缠在树上的大蛇。不过，我非常确定，和我相比，它有着更强的攀爬能力，此外，我们也没有演练如何对付一条树上的蟒蛇。如今，唯一的解决方案是把它从树上弄下来，等它到了地面，我们便可以实施原定的捕捉计划。我借助手上的帕兰刀，纵身一跃，跳上树干。蟒蛇缠绕的树枝距离地面大约 30 英尺。它躺在距离树干至少 10 英尺的地方，等我爬到附近时，我长长地舒了一口气。它扁平的三角形头部搭在卷曲的身体上，两只黄色的、如按钮般的眼睛直勾勾地望着我。这条蛇特别美，它那光亮而平滑的身体上布满黑色、棕色和黄色相间的花纹。现在很难判断它的体长，我能看到的最大的一圈，周长至少有 1 英尺。我背靠在树干上，用手上的帕兰刀使劲地砍那根树枝。

那条蛇一直目不转睛地盯着我。直到树枝开始晃动，它才意识到危险，竖起头吐出又长又黑的信子，发出咝咝的威胁声，盘绕在树枝上的身子开始滑动。见状，我加快砍伐的节奏，树枝嘎吱作响，缓缓地向树干合拢。我又砍了两下，树枝连同蟒蛇一起掉到空地上，刚好落在老人和小孩的身边。

"*Mendjalankan*！"我咆哮道，"快，抓住它。"

他们一脸茫然，目瞪口呆地望着我。

我看见蛇头从树叶里钻出来，它蠢蠢欲动，打算爬向空地另一边的竹林。如果它爬到那里并成功地缠在竹子巨大的根茎上，那我们就再也别想捉住它了。

我一边以最快的速度从树上下来，一边愤怒地朝队友们大吼"*Mendjalankan*"，然而，站在查尔斯和摄像机旁边的两人却无动于衷，冷漠地看着眼前的一切。

当时那条蛇距离竹林仅有 3 码[*]，我跳到地面上，抄起袋子就追了上去。我知道，如果想要抓住它，我必须自己先控制住它。幸运的是，它只是一心想着往竹林里面钻，根本没有注意到我在追它。虽然它爬行的速度不是特别快，但是对于这种尺寸的蛇来说，已经足够惊人。

它刚把头钻进竹林，我就一把抓住它的尾巴，向外猛地一扯。显然，如此无礼的举动激怒了这条蛇，它立马掉头转向我，随后张开大嘴，把头往后缩了缩，调整到一个适合攻击的姿势，黑色的信子在嘴边进进出出。我右手拿着袋子，像撒网一样往外一甩，刚好把袋子干净利落地罩在它头上。

"套住它。"查尔斯在摄像机后面喊道。

我猛扑到麻袋上，在褶皱间摸索着，一把抓住它的颈背。在这千钧一发之际，我脑海中突然闪现"捕蛇大法"的注意事项，我立马用另一只手控制住蛇的尾巴。我趾高气扬地站

---

* 1 码等于 91.44 厘米。——编注

了起来。那条大蛇不断地挣扎扭动，把自己盘成一圈一圈的。这条蛇保守估计至少有 12 英尺长，而且相当沉。尽管它的脑袋和尾巴已经被我举过头顶，但是中间那截身子还是躺在地面上。

当我把蛇举到半空中时，小男孩终于决定来做我的助手。他来得真不是时候，刚一走近，蛇就喷出一股难闻的排泄物，射得他满身都是。老人见状乐得直不起腰，一屁股坐在地上，眼泪都笑出来了。

———————

尽管我们把大部分的时间花在这个村子附近，但是我们偶尔也会沿着海岸线拜访更远的小村庄，探索森林里的新区域。因此，我们不得不开着吉普车，行驶在各种路面上，其中既有布满尖锐的鹅卵石的路面，也有河水没过轮毂的河道，还有泥泞的沼泽。吉普车曾经多次陷入柔软的沼泽里，车轮空转着发出嗖嗖的声音，直到曲轴和车轴都平卧在沼泽的表面上为止。

很多人会下意识地给车起个名字，定个性别。我曾经觉得这种行为太过于感性，然而近几周的经历让我改变了以前的看法。毫无疑问，我们的吉普车有着超凡的人格魅力。尽管这家伙平时有些喜怒无常、任性妄为，但它非常忠诚。它不仅喜欢在清晨发脾气，还喜欢在我俩独自出发时闹别扭，除非我们一边说着甜言蜜语哄它，一边不停地转动曲柄启动发动机；但是，当我们近旁有村民围观，或我们拜访当地政府官员，需要一个体面的告别时，它又变得非常善解人意，只要轻轻触发启动装置，它立马生龙活虎。只要一发动，它就勇气十足，从不言败，勇敢地和我们一起面对遇到的任何困难。

尽管如此，它不再年轻却是不争的事实，它的很多零件和功能已经严重老化了。记得有一次，它的一条向鼓式制动器输送液压油的管道不停地缓慢泄漏。我们平时不怎么用制动器，原因是刹车时会产生令人害怕的剧烈颠簸，除此以外，它还会以惊人的速度在路上减速；但是考虑到失去所有液压油会导致吉普车的制动系统瘫痪，我们决定为它实施补救手术。我们拧开有问题的油管，用石头使劲敲打裂缝的地方。如此简单粗暴的维修，竟然治好了它颠簸的毛病，这真是出乎我们的意料。

在一次意外中，它以一种更加积极的方式展现了它的忠诚。在我们和另一个"机械敌人"录音机的一次例行冲突中，它给予了我们极大的帮助。这台录音机脾气十分火暴，它可能觉得自己出身高贵，总是不满于我们安排给它的一些奇怪任务。有好几次，我们把它调试好，确保它能正常工作，然后把接收器放在它旁边，期待能录下一种特别的鸟鸣声。当鸟儿开始歌唱时，我们兴奋地按下按钮，却发现线轴拒绝转动，或者线轴转了，但里面的线圈不能正常地工作。通常情况下，在这台机器闹过脾气，而且鸟儿也飞走了以后，它会神奇地恢复正常，出色地完成当天剩余的工作。如果它冥顽不化，我们有两个法子可以治它。第一招是用力拍打，这个方法一般会奏效，当然也有失灵的时候，这时我们会采取更严厉的惩治措施。我们先把所有零件拆下来，然后把它们整齐地放在香蕉叶上或者其他光滑的物体表面。我们通常从中找不出什么毛病，不过这不要紧；我们只要把所有部件照原样重新组装起来，机器就如同被施了魔法一般，可以正常工作了。

吉普车提供帮助的那一回，是我们唯一一次发现录音机内部少了一个零件。当时，全村人都准备好，就等着唱歌。然而，我激动地打开录音机时，却发现接收器一点反应都没有，当时的情形别提有多尴尬了。拍打战术失败后，我用帕兰刀的刀尖当起子，小心翼翼地把它拆开，原来是一根电线断了，而且断裂的方式非常奇怪。电线太短，根本拧不到一起，更糟糕的是，我们没有随身携带多余的电线。我抱歉地看了一眼活动的召集人，正当我打算取消这次演唱会时，停在不远处的吉普车引起了我的注意。它的前轴下面悬挂着一截我从未见过的黄色电线。我跑过去查看一番，尽管我不知道它的源头，但是伸出来的部分完全是自由的。我用帕兰刀从中截了 6 英寸，费了九牛二虎之力才把它装到录音机里，最终的效果特别好。我想可能是因为吉普车的自我牺牲精神让录音机感到羞愧，所以后者才表现得这么好。

这次经历让我们对吉普车有了更多的信心，我们在告别村民，离开村子时，深信它有能力把我们及我们的设备安全送到外梦南和巴厘岛。我们再次踏上未知的旅途。然而出发后还不到一小时，它突然开始颠簸，左前轮剧烈地震动。我们立即熄火，查尔斯钻到车底检查车况，没过多久，他带着一身油污和一个坏消息爬了出来。由于连续行驶在颠簸的路面上，连接转向杆和前轮的四个螺栓已经全部脱落，断成了两截。

没有比这更糟的了，汽车的转向系统出了故障，意味着它不能转弯，也就无法继续行驶。周边最近的村庄距离这里大约有 10 英里，而最近的汽车修理厂在外梦南。我们束手无策之时，吉普车再一次展现了它的睿智。查尔斯拆下那些油乎乎的金属碎片，发现底盘上有一排口径相同的螺栓，他从中拧了四个下来。从目前的情况来看，它们好像没有承担任何实质性的功能，吉普车也没有什么不良反应。查尔斯拿着螺栓再次钻到前轴下，经过一番折腾，面带笑容地爬出来。它们非常合适。我们点燃发动机，重新上路。当小心翼翼地转过第一个弯后，我们如释重负，紧接着开足马力，终于在深夜时分赶到外梦南。海峡对面是巴厘岛，以及和我们走过的路一样糟糕的漫漫长路。不过这将是这辆年迈但性能优越的吉普车最后一次承受这种野蛮的待遇了。

第三章
巴厘岛

巴厘岛与其邻近的其他岛屿相比，显得非常特殊，为什么会这样，答案或许可以从它的历史中寻得。大约一千年前，信奉印度教的国王统治着爪哇岛、苏门答腊岛、马来半岛和中南半岛，当时的首都位于爪哇岛。随着国力的兴衰，当时的巴厘岛要么是爪哇国的附庸，要么是一个独立的地区。公元 13 世纪至 15 世纪，麻喏巴歇王朝统治着爪哇岛。在这一政权的末期，伊斯兰教传教士开始在爪哇岛宣扬新的宗教信仰。很快，周边一些小附庸国的国主皈依了伊斯兰教，随后纷纷宣布独立，脱离信奉印度教的麻喏巴歇王朝的统治。为此，各个岛屿之间爆发了战争。据说当时最后一任国王的祭司预测，四十天后麻喏巴歇王朝的政权将土崩瓦解。到了第四十天，国王不堪压力，命令支持者将他活活烧死。他的小儿子，也就是麻喏巴歇王朝的王子，带着所有的王室成员逃到了巴厘岛——麻喏巴歇王朝仅存的领地。得益于这次大迁移，巴厘岛接收了爪哇岛最优秀的乐师、舞者、画师及雕塑工匠。这批艺人和工匠的输入，对巴厘岛的文化产生了极其深刻的影响；这或许可以解释，为什么巴厘人在才艺方面天赋异禀。如今，在印度尼西亚的各个民族中，只有巴厘岛民众信奉印度教，而且这种信仰在岛内非常普遍，以至于他们生活的各个方面，大到村庄的布局，小到服饰的样式、每天的生活习惯，无一不受到宗教的支配和改造。巴厘岛的印度教与印度本土的印度教信仰几乎没有任何交流，已经演变成一种极其特殊的信仰。换句话说，巴厘岛民众所信仰的其实是一种独特的宗教。

当驱车穿越美丽的村庄、富饶的土地，以及遍植棕榈和香蕉的庄园时，我们和所有来巴厘岛度假的游客一样，以为自己来到了天堂。巴厘岛将人们心目中理想的热带岛屿变成了现实，这里的人民勤劳善良、热爱和平，这里的土地富饶美丽、物产丰富，这里的阳光灿烂明媚、永不消逝，人与自然和谐共生。

我们简直太幸运了，能沿着这条路驶入巴厘岛！相比之下，游客们只能乘飞机抵达巴厘岛最大的城镇登巴萨。昨天深夜我们驾车抵达时，感觉这里丝毫不像一座海岛天堂。它已经完全被剧院、汽车、酒店、纪念品商店及酒店外搭建的混凝土舞台占领了。游客们虽然可以舒适地躺在藤条椅上，一边欣赏酒店精心准备的舞蹈表演，一边品尝身边摆放的威士忌和苏打水，但是这和其他地方的度假村又有什么区别呢？

我们之所以来到这个城市，除了其他一些原因之外，主要还是因为这里有众多的政府办公部门，根据要求，我们必须向它们汇报行踪。我们在登巴萨幸运地认识了马斯·苏普拉托，在他的帮助下，我们快速地办完了所有手续。尽管马斯不是土生土长的巴厘人，但他是巴厘岛舞蹈和音乐领域的权威专家。他还是一名舞蹈经纪人，手下有一批专业的舞蹈演员，目前这群舞者正在世界各地巡回演出。正因如此，他对东西方的细微差距有着敏锐的洞察力，也是我们所见到的为数不多的对政府部门办事拖延感到沮丧的印度尼西亚人之一。他自愿作为向导带领我们参观巴厘岛，这可把我们高兴坏了。如今，我们才慢慢地意识到幸运之神一直在眷顾我们。

我期待马斯带我们去巴厘岛的乡村，尽快远离混杂着各种文明的登巴萨。然而，他却在第一晚领着我们穿过灯红酒绿的市区，拜访城郊一处静谧的、与世隔绝的庄园，据说这是一位巴厘岛贵族的私宅。明天这里将举办一场隆重的宴会，他想让我们见识见识筹备的过程。凉亭里挤满忙碌的人群。女人们熟练地将棕榈叶折成漂亮的装饰性花边，然后用细竹片将它们固定在鸡蛋花和流苏上。白色与粉红色的金字塔形米糕，成排地摆放在香蕉叶做成的绿色"餐巾"上。屋檐下悬挂着用鲜花制成的花环，供奉神灵的神龛也披上了隆重的礼服。帐篷之间趴着六只活海龟，它们的前肢被残忍地刺穿，用藤条捆扎在一起，粗糙而干燥的海龟头无力地耷拉在地面上。它们缓慢地眨着眼睛，疲惫而呆滞地扫视着周围开心热闹的人群。当晚，作为牺牲的它们可能就会被宰杀。

第二天，马斯又带我们返回那里。院子里挤满了参加宴会的人，比昨晚多得多。每个人都盛装出席：男人们下身着纱笼，外罩束腰长袍，头上包着头巾；女人们身着紧身上衣，搭配着长裙。王子作为家族的首领盘腿坐在平台上，一边与贵客交谈，一边吃着穿在竹扦上的烤龟肉，其间还不忘喝几口咖啡。一个小男孩坐在他前面，用木槌不停地敲击一件乐器，发出一阵阵单调乏味的叮当声。这种乐器有点像木琴，不过琴面上只有五个用于敲击的青铜键。

马斯告诉我们，这是一场为锉牙仪式而特意准备的宴会。在巴厘人的观念里，参差不齐的牙齿是野兽和魔鬼的象征，每一个成年人都应该有一口整齐的牙齿，所有不规则的地方都要被锉除。如今，这种仪式早已不如从前那般流行，然而即便如此，如果有人生前没有参加过锉牙仪式，亲属们也会在遗体火化前将其牙齿锉平，避免参差不齐的牙齿所携带的兽性阻碍他的灵魂升入天堂。

临近正午，从家族所在的亭子里走出一支整齐的队伍，走在最前面的是一个年轻的姑娘。她的身上裹着一块绣着金色花纹的红布，肩膀上披着用同样布料制成的肩带，头上戴着一项用金色树叶和鸡蛋花编织成的华丽而精致的花冠。几位年纪稍长、同样盛装打扮的女人陪在她的身边，一边走一边吟唱。队伍沿着拥挤的小巷走向一座悬挂着蜡染布的亭子。白衣祭司正在那边的台阶上等待着她们。年轻的姑娘在他面前停了下来，然后虔诚地伸出双手。白衣祭司用神职人员专用的手势拿起一个竹编的漏斗，往里面灌上水，让水慢慢滴到女孩伸出的手指上。在整个祭祀仪式中，祭司的嘴唇不停地在动，然而周围的乐器声和歌唱声太过于嘈杂，把他的声音淹没了。紧接着，祭司把漏斗放置在一旁，将女孩带进亭子，让她躺在亭子里的长榻上，枕着一个长枕头，据说枕头上的那块布具有特殊的魔法。祭司为工具祈完福之后，便俯下身开始替她锉牙。与此同时，陪同的女人们唱得更响亮了，她们中的一个人按住她的脚，另外两个人抓住她的手。我想即使女孩在手术中哭喊出来，外面的人也不会听见。每隔十分钟，祭司会停下手里的动作，然后拿出一面镜子，让女孩可以清楚地了解锉牙的进程。半个小时后，仪式结束。女孩走出亭子，站在台阶上，这样所有人都能看到她。她眼中噙着泪水，原本华丽的头饰现在杂乱无章地戴在头上，这是因为唱诗班的每位成员都从她的头饰上摘下一片金叶，插在自己的头发上。她手里捧着一个制作精美的小椰子壳，里面装着她吐出的牙齿碎屑。她穿过亭子，沿着刚才的路回到家庙，把牙齿碎屑埋在祖先的神龛后面。

锉牙仪式现场

次日，我们在离开城镇的时候惊奇地发现，登巴萨周边的乡村与车水马龙的城镇及国际机场相比，简直判若两个世界，这里丝毫没有受到西方文明的影响；我们不得不放弃吉普车，在稻田里纵横交错的乡间小路上步行，去寻找那些原生态的村落。马斯·苏普拉托每天都带领我们在岛上游历，不论白天黑夜，村里只要举办娱乐活动或者宗教仪式，就有我们的身影。

巴厘人是一个热爱音乐和舞蹈的民族。无论是王子还是贫农，这里的每一个男人都有同样的抱负，那就是加入村里的乐队或者舞蹈队；而那些没有表演天赋的人，也愿意在自己力所能及的范围内捐一些东西，用于购买演出所需的服装和乐器，他们为此倍感荣幸。在巴厘岛，即使是最贫穷、最小的村庄也拥有自己的佳美兰乐队。*这是巴厘岛的传统形式的乐队。乐队演奏的乐器以金属打击乐器为主，主要有大吊锣、摆放在水平架子上的尺寸较小的锣、小铜钹，以及多种

佳美兰乐队

---

* 佳美兰音乐是印尼的一种以金属打击乐器为主体的合奏音乐，是印尼最具有代表性的音乐形式，主要流行于爪哇岛和巴厘岛。——译注

类似于木琴的乐器，我们在登巴萨的仪式上曾经见过。除了这些之外，乐队里还有拉巴布琴（两弦的阿拉伯式小提琴）、竹笛，通常还有两面鼓。

乐队使用的乐器大多价值不菲。这主要是因为很多乐器是巴厘岛的工匠造不出来的，他们能铸造木琴上所用的青铜键，但制造那些音色清亮悦耳的锣的"秘方"，只掌握在爪哇岛南部一个小镇的工匠手里。因此，越是精美的锣越珍贵。

佳美兰乐队奏出的音乐摄人心魄，它的打击节奏非常微

佳美兰乐队中最小的成员

妙，还拥有抑扬顿挫的旋律和气势恢宏的和音。我原以为自己不会被这种陌生的、充满异国情调的音乐所吸引，事实证明我错了。乐师们在表演时热情饱满，信念坚定，甚至达到了一种忘我的境界；而且他们演奏的音乐时而让人热血沸腾，时而引人深思，我和查尔斯被迷得神魂颠倒。

演奏一场完整的佳美兰音乐需要二十人到三十人，每个人的节奏精准无误，配合得天衣无缝，可以和任何一个欧洲乐团相媲美。他们没有乐谱，即便是再复杂的旋律也都是记在乐师的脑海里。乐队的曲目非常丰富，以至于他们表演数个小时也不会出现重复的节目。

这样出神入化的演奏技能，只有通过艰苦的训练才可以获得。每天当夜幕降临后，乐师们就会聚集到村中心的亭子里开始排练。每当乐队叮叮当当的敲击声响起时，我们和马斯都会循声找到排练场，坐在外面欣赏他们的演奏。佳美兰乐队的领队一般是鼓手，他可以通过击鼓控制演出的节奏。通常情况下，他不仅是一个优秀的鼓手，而且精通其他所有的乐器。比如说，他会让排练暂停，走到木琴演奏者那儿，向后者演示该如何演奏，才能正确地表达出音乐的主题。

在这样的排练场，我们第一次遇到跳黎弓舞的小女孩，黎弓舞是巴厘岛最优雅、最华丽的舞蹈之一。这三个跳舞的小姑娘都还不满六岁。佳美兰乐队的乐器有序地摆放在广场

在巴厘岛，一位戴面具的演员在佳美兰乐队的伴奏下跳舞

的三面，舞台也因此形成，女孩们就在那里上课。她们的老师是一位头发花白的老年妇女，她年轻时曾是一位非常著名的黎弓舞演员。她的授课方式极其严厉，甚至可以说有些残暴，在学生们跳舞时，她会把她们的头、胳膊和腿用力地推到正确的位置。时间一小时一小时地流逝，音乐一直持续不断，孩子们在教练严厉的注视下，眨巴着无辜的大眼睛，手指颤抖地完成踩脚和旋转动作。午夜时分，音乐终于停止。训练课结束，舞者刚刚还是一副冷漠而神秘的样子，现在一下子变回了天真烂漫的孩子，嘻嘻哈哈跑回家。

第四章
巴厘岛的动物

我们的参考书上说，巴厘岛的动物没有特别的吸引力，除了一两种鸟之外，其他所有的动物都能在爪哇本岛上发现，而且爪哇岛的种群数量更多。然而，这些书没有记载巴厘岛的本土动物。后来，我们决定在岛上的一个小村庄里住上两周时间，其间我们惊喜地发现，这里的很多动物与岛上的舞蹈和音乐一样，都是巴厘岛所特有的。

每天清晨，我们都能看到一群雪白的鸭子大摇大摆地去村外觅食。它们与我们以往见到的所有的鸭子都不同，后脑勺上有一小簇迷人的卷毛，带着一点浮华和卖弄风情的意思，就好像它们是故事书里为出席嘉年华而盛装打扮的动物。每群鸭子后面都有一个拿着细长竹竿的男人或者男孩，竹竿的顶端绑着一簇羽毛。他们水平地拿着竹竿，将它举在鸭子的头顶上，这样一来竹竿上的羽毛就一直在领头鸭前面上下摆动。这些鸭子自打孵化出来，就被主人们训练跟随着羽毛行动，所以在羽毛的引导下，鸭子们欢快地在狭窄的小路上列队前行，来到刚刚收割或耕过的稻田。养鸭人到那儿之后，便把竹竿插在泥里，竿顶绑着的羽毛在微风中轻轻摇曳，一直在鸭群的视野内；这样一来，这群小家伙就会在稻田里待上一整天，开开心心地在泥水里寻找食物，永远不会偏离那一簇将它们"催眠"的羽毛。夜幕降临时，养鸭人再过来拔起竹竿，发出快乐嘎嘎声的队伍再一次跟着上下翻飞的羽毛，沿着田埂返回村子。

这里的牛也非常好看。它们穿着红黑色的外套，套着齐膝的白色长袜，屁股上还装饰着一些整齐的白色斑点，它们是白臀野牛被驯化的后代，如今在东南亚的一些森林里还能发现野生的种群。巴厘岛上的这些牛血统非常纯正，几乎和野外生存的白臀野牛没有任何区别，很多爪哇岛的狩猎运动员会来到这里，不辞辛苦地追踪和猎捕野牛。

村里的猪引发了我们极大的兴趣，它们的起源和祖先都是未解之谜。它们和其他品种的猪几乎没有任何相似之处。第一次偶遇时，我曾下意识地认为那是一头畸形的猪。它的脊椎两头高、中间低，垂在消瘦的肩膀和臀部之间，好像被笨重的肚子给坠弯了。这牲畜的肚子像沙袋似的，走路时在地面上不停地摩擦。如此丑陋的外貌并非个例，没过多久我们便发现巴厘岛上所有的猪都长这样。

这里的狗特别多。要说它们有什么独特品质的话，那就是它们是迄今为止我们遇到的最令人厌恶的生物。它们饥寒交迫，大多数患有疾病，透过那溃烂的皮肤，你甚至能清晰地看到里面的脊椎和肋骨。它们以垃圾堆上的生活垃圾为食，也会吃一些摆放在神龛、亭子、房屋门口的米饭，这是巴厘人每天用于供奉神灵的祭品。射杀它们或许对它们来说更为仁慈，但是村民不仅没有这么做，反而允许它们无限地繁殖。村民们白天能容忍它们的吠叫，甚至欢迎它们在夜间不停地嗥叫；他们认为这样可以吓跑那些在村子里游荡的恶灵和魔鬼，否则它们会侵入各家各户，残害熟睡的人们。

在这儿的第一夜，一条叫声洪亮的大狗正好在我们准备休息的亭子外过夜，一直到凌晨三点钟还在嗥叫，简直让我忍无可忍。经过权衡，我宁愿去见恶魔，也不愿和这个讨厌的守护者共度余夜，于是我抄起一块石头径直朝它砸过去，以期用这种暴力的手段，说服它去其他地方完成属于它的使命。结果，它原本忧郁的嗥叫变成了愤怒的狂吠，村里所有的狗都被招呼起来，最后形成了震耳欲聋的大合唱，一直持续到黎明。这是我当晚唯一的成就。

在我们看来，巴厘人对动物福利漠不关心。他们不仅默许这些病入膏肓、皮包骨头的野狗在村里流浪，而且热衷于斗蟋蟀和斗鸡。

斗蟋蟀是一项小型娱乐活动。蟋蟀们平时被养在小竹笼子里。比赛开始之前，人们会在地上挖出两个平底的圆形小坑，以及一条连接这两个坑的通道，把两只蟋蟀分别放在两个小坑里，主人则坐在一旁，不停地用一根大羽毛激怒它们。随后，其中一只被怂恿着爬过隧道，到达另外一边的小坑，在羽毛的刺激之下，它开始攻击对方。蟋蟀间的战斗非常残暴，它们会用强劲有力的大颚咬住对方的腿，然后不停地翻滚身体。最后，其中一方会硬生生地将对手的一条腿撕扯下来，从而被宣布为胜者。残废的失败者会被扔掉，唧唧叫的胜利者则再次回到笼子里，静候下一次的战斗。

相较于斗蟋蟀，斗鸡的影响力则更为广泛，它是每年祭神仪式上必不可少的环节。出于对神灵的崇敬，巴厘人会在仪式上用鲜血祭祀神灵。不仅如此，斗鸡对巴厘人来说还是一项重要的体育活动，人们投入大量的财力竞猜最终结果。我们听说有一个人对他的鸡非常有信心，抵押了包括房产在

斗蟋蟀

内的所有财产——大约几百英镑的样子——押这只鸡获胜，不过，由于赌注太大，没有人敢和他玩。

村里主要的街道两旁摆满了钟形的竹笼，每个笼子里装着一只小公鸡。老人们整天无所事事地坐在那里，抚摸着他们的斗鸡，偶尔也会一把抓住它们的胸骨，锻炼斗鸡的跳跃能力，并故意弄皱公鸡脖子上的羽毛，评估它们的战斗力。斗鸡身上的每一个特征，例如它的颜色、鸡冠的尺寸、眼睛的明亮程度，都是展现其性能的重要指标，主人们会根据这些特征确定与自己的斗鸡相匹敌的对手。

有一天早晨，我们发现镇上的集市特别热闹，街道两旁摆满了小摊，小贩售卖着沙嗲，妇女们分发着巴厘人最喜欢的棕榈酒和粉红色的饮料。原来，这里正准备举办一场大型斗鸡节。斗鸡的赛场建在举行公共活动的草棚里，在泥地上插上一圈竹条，就成了一个简易的擂台。擂台四周是一排由棕榈叶编织的、高约1英尺的围栏，观众席就在后面。

斗鸡节当天，男人们带着各自的斗鸡，从10多英里外的偏远的村落赶到镇上，每个人都将斗鸡装在一个用棕榈叶编织的小背包里，包的背面有一个缝隙，鸡尾巴刚好可以从这里伸出来。斗鸡场的周围聚满喧闹的人群。在屏风旁边盘腿而坐的老人是今天比赛的裁判。他的左边放着一碗水，水面漂浮着半个底部有孔的椰子壳。这是一个简易的计时器，椰子壳从水面沉到水底的时间为每场比赛的时间。此外，他的左手边还有一面小锣，他会在比赛开始和结束时敲击它。

十来个人提着斗鸡，跨过屏风。经过评估，公鸡们被两两配对，同时确定了它们的出场顺序。人们清理斗鸡场的时候，公鸡们被带到一旁，主人们将一条长约6英寸的锋利的刀片绑在它们的一条腿上，代替早已被移除的鸡距。没过一会儿，全副武装的第一对选手被带回赛场。比赛正式开始之前，它们被主人抱着，面对面地注视着对手。这样做很容易激怒它们，它们会竖起脖子上的羽毛，不断地大声啼叫。这样的初步展示可以让观众判断这些斗鸡的品质，赌客们在场上大声地下赌注。一声锣响，比赛开始。两只公鸡脸对着脸，绕着对方转圈，竖起羽毛。它们凶猛地啼叫着，跃入空中，用闪闪发光的刀片互相残杀。其中一只公鸡体力不支，不停地往擂台外逃。围观的群众见状立马往后退，因为绑在公鸡腿上的刀片不仅能刺杀对手，如果稍有不慎，也会给人带来严重的伤害。它的主人只能一次又一次小心翼翼地将它放回斗鸡场。一块深黑色的血渍从它翅膀下的羽毛中慢慢渗出，表明它受了重伤。它一次又一次地想逃离赛场，却一次又一次地被抓回来。受伤的斗鸡不愿意再面对那个野蛮的对手，但是按照当地的习俗，只有一只斗鸡战死，比赛才算结束。这时，裁判通过敲锣发出一道指令，只见一个人拿来一个钟形的笼子，将两只鸡罩在笼子里。如此一来，那只受伤的公鸡只能接受被屠杀的命运。

第二场比赛更加令人厌恶。两只斗鸡势均力敌，战斗进行了一轮又一轮，它们不停地用爪子撕扯对方的鸡冠和颈羽，试图用绑在腿上的刀片给对手致命一击。最后，两只公鸡都血流如注。比赛间隙，主人将鸡喙含在嘴里，尽力往鸡的肺里吹气，好让它复苏。一个人用手指沾了点鸡血让公鸡尝。不一会儿，由于失血过多，一只公鸡开始在地上摇摇晃晃，对手抓住机会给了它致命一击。它倒在血泊里，不住地喘着气。胜利者跳过去撕扯它的肉垂，试图啄它已经暗淡的眼睛，直到被主人拉开才作罢。

那一天，很多公鸡在战斗中死亡，大量的赌资在赌徒手中流转。晚上，村里有许多家庭都吃上了鸡肉。或许这样神灵可以得到安抚。

按照原定计划，我们明天将乘船返回爪哇岛，但是临行前的最后一晚必须住在登巴萨。我们在镇上找到一家安静的小旅馆，把行李寄存之后，便去拜访帮助过我们的官员，并向他们告别。午夜时分，我们才回到小旅馆。老板正焦急地转着自己的手腕，等我们回来。原来，一个卡车司机从村里带来一条消息，请他转达给我们。显然，这条口信非常紧急也非常重要，但不幸的是，由于语言障碍，我们根本听不懂老板说的内容。老板也极其苦恼，不停地重复"*Klesih, klesih, klesih*"。我们一头雾水，但是见他如此坚持，我们觉得有必要去 30 英里外的村子一探究竟。明天一早我们就要离开这里，如果今晚不去，将永远无法知道在那里究竟有什么急事等待着我们。

凌晨一点，我们赶回村里，在吵醒几位熟睡的村民后，才终于找到那位留下口信的人。他叫阿利特，是收留我们的房东的小儿子。谢天谢地，他会说几句英语。

"在隔壁村，"他犹豫地说道，"有一只 *klesih*。"

我问 *klesih* 是什么，阿利特尽他最大的努力向我们解释。不过，通过他的描述，我们只知道这是一种动物，根本无法断定它的种类。现在唯一的办法就是到现场确认。阿利特赶忙找来一支火把，陪着我们走入黑黢黢的田野，朝着目的地进发。

大约一个小时后，一个小村庄的轮廓隐约浮现在我们眼前。

"请大家，"阿利特轻声说道，"保持安静。这个村里都是凶残的强盗。"

刚走进村子，村里的看门狗就发出了警报，狂吠不止。此时我真的非常期待那些"凶残的强盗"可以挥舞着剑冲出来，把这些狗解决了；然而并没有人出现。或许，村民们早已经习惯这种噪声，在他们的观念里，这是看门狗在驱赶潜行的恶灵。

阿利特领着我们穿过一条条荒凉的街道，来到村子中心的一座小房子。他用力地敲着门，过了很久，一个蓬头垢面、睡眼惺忪的男人开了门。阿利特告诉他，我们来看那只 *klesih*。男人看上去有些不相信，不过阿利特最终还是说服他让我们进屋。他从床底下拿出一只被捆得结结实实的木盒，小心翼翼地解开绳子，揭开盖子。一股土腥味扑鼻而来。他拿出一个全身覆盖着三角形鳞片、如足球一般大小的"包裹"。

原来 *klesih* 是穿山甲。男人轻轻地把它放在地上，它的侧腹缓缓地起伏着。

我们静静地等待着。几分钟后，那个球慢慢地舒展开来。它先是伸出长长的卷尾。紧接着，一个湿漉漉的尖鼻子出现了，充满好奇的小脸则藏在最后面。小家伙眨巴着黑亮的眼睛，气喘吁吁地环顾四周。我们几个在旁边一动不动。穿山甲胆子越来越大，翻个身站起来，如同一只身披盔甲的小恐龙，在房间里踱来踱去。不一会儿，它爬到墙根，用前爪开始打洞。

"哎呀!"它的主人大声说着,跨过去一把抓住小家伙的尾巴末端,把它拎起来。穿山甲再次缩成一个球,像悠悠球一样来回摆动。男人又把它塞回盒子里。

"一百卢比。"男人说道。

穿山甲将卷尾挂在我的手上,慢慢蜷成一个球

我摇了摇头。尽管有些食蚁兽可以吃肉糜、牛奶和生鸡蛋的混合物,以此替代它们的日常饮食,但是穿山甲只能以蚂蚁为生,甚至只吃某些特定种类的蚂蚁,所以我们并没有期望把它带回伦敦。

"如果我们不买这只穿山甲，这个男人会对它做些什么？"我问阿利特。

他咧嘴一笑，用手拍了拍嘴唇。"吃了，"他说，"味道挺不错。"

我看看那只盒子。小家伙把前爪和下巴搭在盒子边缘，向四周张望，满怀期待地用黏糊糊的长舌头寻找两边的蚂蚁。

"二十卢比。"我一边坚定地说，一边替自己的奢侈开脱。我想，在放归这只动物之前起码能拍一些照片。男人盖上盖子，欣然地把盒子递给了我。

阿利特点燃另一支棕榈叶火把，将它举过头顶，带着我们离开村庄，再次进入稻田。由于腋下夹着一只大盒子，我稍稍有点拖后腿，远离了火把的光亮。此刻，头顶的月亮又大又圆。茂盛的棕榈树在布满星辰、如黑丝绒般的夜空下随风摇曳。我们悄悄地穿过泥泞而细窄的小道，两旁是齐腰高的水稻。一群闪着奇异绿色光芒的萤火虫，在稻海上跳着炙热的舞蹈。我们途经一座寺庙，它的山门有着精致的轮廓，周围温暖的空气中还弥漫着鸡蛋花的芳香。透过蟋蟀的窸窣声和水渠中潺潺的水声，我们隐约听到远处有一支佳美兰乐队正在为节日通宵演奏。

这是我们在巴厘岛的最后一夜。原来离别是这样令人不舍。

第五章

火山和扒手

抵达泗水时，达恩带着一堆从英国寄来的邮件、无限供应的冷饮和一些令人振奋的好消息迎接我们。这些天，他设法弄到了前往三马林达的货船上的几个铺位，那里是位于婆罗洲东海岸的一个小城镇；他还答应至少给我们做两周免费的翻译。这艘船将于五天后起航，虽然我们没有按照原计划立刻出发，但是我和查尔斯并没有因此生气，反而暗自庆幸；经过数周的长途跋涉，我们都认为应该好好休整一番。当我们把拍过的胶片全都装进密封盒，检修完所有设备之后，达恩和佩吉把我们带到泗水城外的别墅度假。

城镇四周是肥沃的平原，种着各种各样的农作物。我们驱车行驶在两旁种着罗望子树的大道上，途经一块块稻田和高大的、随风摇曳的甘蔗林。随着海拔的升高，天气越发凉爽，空气也越发洁净。远处的山坡被吉贝种植园所覆盖，高大的树冠上结满蒴果，其中的一些还长着白色茸毛般的纤维。特里特斯是我们即将入住的小村庄，它的海拔有 2 000 英尺；它位于瓦里朗火山的侧面，那里有一片壮观的锥形火山群。

爪哇岛是太平洋火山带的一部分。巨大的火山带起始于苏门答腊岛的南部，然后一直向东延伸，穿过爪哇岛、巴厘岛和弗洛勒斯岛，最后向北延伸至菲律宾。这条弧线上的火山群在历史上数次大规模地喷发，造成了极其惨烈的后果。爪哇岛和苏门答腊岛之间的一座小型火山岛——喀拉喀托火山岛，在 1883 年曾剧烈地喷发，喷发时携带的能量竟然将体积为 4 立方英里的岩石抛到空中，产生的岩浆将小岛周边的一大片海域完全覆盖。不仅如此，火山爆发所引发的巨大海啸还淹没了周围低洼的海岸，致使 36 000 人遇难。即使在 3 000 英里之外的澳大利亚，都能感受到大爆炸产生的巨大动静。

印尼的火山特别多，仅爪哇岛上就有 125 座，其中有 19 座长期处于持续活跃的状态，有时候它们只是冒冒烟而已，有时候却会在毫无征兆的情况下剧烈喷发。默拉皮火山就是如此，它曾经在 1931 年突然爆发，导致 13 000 人死亡。火山对爪哇岛和当地居民的影响无处不在。那些美丽但不祥的圆锥形山峰主宰着这里的景观；它们倾泻在大地上的熔岩和火山灰经过数百年的风吹日晒，已经完全风化，成为世界上最肥沃的土壤之一；它们那些恐怖的活跃时期，使它们在岛民的神话中成了法力强大的神灵的居所。

尽管瓦里朗是一座休眠的火山，但它的火山口还是常年冒着白烟。我站在别墅的花园里，就能看到它高达 8 000 英尺的火山锥。这儿特别凉爽，早已驱散泗水炎热的气候所带给我的那种疲惫感。所以我决定爬上那座火山，去探探它的火山口。

查尔斯觉得索然无味，尽管我告诉他可以骑马走一大半路程，他还是不想去。于是我在附近只租了一匹马，约定第二天一早出发。

天刚蒙蒙亮，一位开朗的老人就牵着一匹消瘦的马来到我们的住处。马儿低着头，带着一副生无可恋的表情。然而，老人却非常兴奋，他拍了拍马肚子，咧着嘴哈哈大笑，露出一口黑色的烂牙，一看就是经常嚼槟榔。他说他的马是特里特斯最强壮、最敏捷的，绝对配得上我为它支付的高昂租金。

我怀着愧疚的心情爬上马背，哎，我竟然向如此可怜的家伙寻求帮助。山民在一旁使劲地戳它，但它还是以龟速向前行进。我坐在马上，马镫几乎可以触碰到地面。我们就这样缓缓出发，穿过村庄。

没走多久，道路开始变得崎岖。我的坐骑悲哀地看着前面陡峭的山路，气喘吁吁地停了下来。老人笑了笑，然后向前粗鲁地拽着缰绳，马儿却不为所动。从这匹马发出的隆隆声，我可以明显感觉到它正饱受消化不良的折磨；出于同情，我跳下马来，它立即敏捷地跑了起来。走了大约半英里，我们来到一段平坦的山路，向导让我重新骑上马。起初还一切正常，可是过了十分钟，马的速度开始逐渐下降，最后它干脆停滞不前。老人再次拉缰绳，由于用力过猛，把绳子都给拽断了。马儿这下子不受控制了，我不得不再次跳下马。刚一下来，马鞍就分家了。看到设备散落一地，马儿显得非常沮丧，以至于我彻底打消了尝试骑马的念头。我们慢慢地步行前进，每过半个小时我就要停下来，等着那匹昂贵的坐骑和它的主人追赶上来。

我们在上山的路上经过一片景致奇特的森林。那儿不仅兰花开得特别旺盛，就连树形蕨也长势喜人，它们的叶片就像巨型的蕨丛，从光秃秃的、秀美的茎干顶端长出来。随着海拔的升高，周围的树变成了木麻黄，看起来很像一片松林。它们的树干伸展开来，上面没有缠绕藤蔓，只有一些从树枝上垂下的轮生树叶和松萝。经过五个小时的长途跋涉，我来到一处用茅草搭建的露营地，墙边的柳条筐里盛满明黄色的硫黄。一群男人闻声从小棚子里走出来，肆无忌惮地上下打量着我。他们身材矮小，皮肤黝黑，赤着脚，穿着破旧的衬衫和纱笼，有的人戴着破旧的毡帽，有的人戴着破旧的礼拜帽，还有的人包着头巾。

我坐在上山的小径旁，吃起随身携带的三明治。几分钟之后，向导终于到了。他和我说，从这里到火山口只有一个小时的路程，但接下来的路程过于陡峭，他的马实在走不了那样的路。所以，他想待在这里休整一下，一来可以修理马具，二来可以让这匹筋疲力尽的马缓一缓。

当我吃完饭的时候，那几个采集硫黄的男人一边和老人耳语着，一边向我投来怀疑的目光。后来，他们六人背起空背篓，沿着木麻黄树林中的一条又长又窄的小路朝前走去。尽管知道他们不欢迎我，但我还是厚着脸皮跟在队伍后面，艰难地行进着。森林的尽头是一片粗犷的巨石区，环境极其恶劣，只零星生长着一些发育不良的灌木。那儿的海拔超过了 9 000 英尺，空气稀薄，气温很低。每隔一段时间，山间就会腾起一股雾气，将我们团团围住。我们一行人安静地走着，前面的人完全忽略了我的存在。半个小时后，有人用假声开始唱歌，曲调听上去非常忧伤，但是歌词应该是现编的。

"*Orang ini*，"他唱道，"*ada Inggeris, tidak orang Belanda.*"

至少这句话我听懂了。它的意思是"这个男人是英国人，不是荷兰人"。既然我出现在他的歌词里，作为回应，我也打算即兴唱几句。我花了好几分钟才把脑海中仅有的几个单词串起来。前面的歌手刚唱完，我便大胆地接上。

"今天早晨，"我模仿他的音调唱道，"我吃的是米饭。晚上，我吃的还是米饭。明天，很抱歉，我还要吃米饭。"

尽管这段歌词一点也不有趣，也没有什么实质性的内容，但是它拉近了我和他们之间的距离。这群男人停了下来，坐在巨石上，笑得眼泪都流出来了。在他们的情绪稍微平复之后，我拿出一包烟，给每人发了一根。我们尝试着交流，但我担心他们听不懂我的话，而我没带词典，也没法完全弄清楚他们的意思。不过，他们对我不再冷淡，再次出发时，我们已经是一支团结的队伍。

我们终于爬到了火山口。它如同一口巨大的竖井，四周是陡直的峭壁，没有任何生命的迹象，200英尺深的坑底则是一片遍布巨石的荒野。瓦里朗并不是真正的死火山，站在火山口，能看到一股股往上翻腾的白烟。我朝火山口的两旁望去，发现原来白烟并不是从一个地方冒出来，而是从一百多个散落在各处的小喷口中冒出来的。每个喷口都发出刺耳的咝咝声，喷出白烟，看起来好像有一大片山坡都着了火，在

采硫黄的工人

缓慢地燃烧。空气中弥漫着刺鼻的硫黄味，我每呼吸一次都能闻到这股味道，脚下的地面上则覆盖着一层厚厚的黄色硫黄。透过滚滚浓烟，我看见在火山口工作的小小身影。他们用岩石堵住了喷气孔，阻止气体直接喷到空中，然后接上一系列导管，引导气体向下喷，气体在此过程中逐渐冷却，析出其中的硫黄。其中的一些管子已经被硫黄堵死，工人们正拿撬棍将它们砸碎。其他工人则从嗞嗞作响的管口处收集硫黄，硫黄在那里不断凝结，中心温度高的地方是红宝石色，边缘是刺眼的明黄色。

我的同伴们在轰隆声中此呼彼应，相互打气，随即消失在旋转的烟雾中，去完成他们的工作。令人惊讶的是，这些令人窒息的烟雾似乎对他们毫无影响。不久，他们背着满满一篓硫黄，兴高采烈地走出烟雾，一刻也不耽误地朝山下的营地走去。我跟着他们，很高兴可以逃离那里，去山下呼吸纯净的空气。天空万里无云，大气无比清澈，我甚至可以看到数千英尺下的绿色平原，以及对面地平线上的爪哇海。我的东边矗立着另一组山脉，起初我以为山顶飘浮着云彩，后来才发现那是一层比瓦里朗大得多的火山烟雾。我指指那座山，问同行的伙伴它的名字是什么。他把手罩在眼睛上方。

"布罗莫。"他答道。

远处的烟雾激发了我的好奇心，那天晚上，达恩说布罗莫是爪哇岛所有火山中最美丽和最著名的一座。于是，我和查尔斯决定去探访一番。

　　第二天，我们告别特里特斯，驾驶着吉普车，沿着海边的平原一路向东行进。从路上看，布罗莫火山像一块不起眼的块状突起，隐藏在一座更大的火山的残骸中。数千年前，这座巨大的火山喷发了，如同喀拉喀托火山一样，它的绝大部分火山锥都被炸毁了，仅剩下这个直径约 5 英里的、像超级大碗一样的基座。尽管如此，它所蓄积的能量并没有因为这次巨大的喷发而耗尽，不久之后，破火山口里又出现一系列新的喷口，它们不仅喷射出火山灰，还形成了新的火山锥。不过其中没有哪一座火山锥高过破火山口的环形崖壁，而且除了布罗莫之外，其他的火山锥都是死火山。因此，在平原上驾车驶向它的游客们一路上所见到的，并不是布罗莫的火山口，而是环绕在它周围的一圈参差不齐的崖壁的轮廓。

　　傍晚时分，我们顺着一条岩石小路，来到火山外围山坡上的一个小村庄。眼前的群山被云层所覆盖，客栈老板说，每天只有在凌晨的时候，火山周围才没有雾气。为了见到它的真

前往爪哇島東部活火山布罗莫的途中

面目，我们第二天凌晨三点半就起身了。天还很黑，气温也很低。刚走出去没几步，我们就看到几个穿着纱笼的村民围坐在一群马的旁边。这些山地人和硫黄采集者一样，身材矮胖，皮肤黝黑，与平原上身形纤瘦的人差异很大。一个留着浓密胡须的男人同意把两匹马租借给我们，并愿意充当向导。

经历了瓦里朗租马事件后，我又惊又喜地发现眼下我这匹坐骑精力十足。马的主人赤着脚跟在后面小跑，偶尔用皮鞭猛地抽一下马屁股。我曾试着劝阻他，因为这匹马本来就跑得挺快，不需要再加速。不过，我也不必为自己的安危操心，马儿对他的鞭打不理不睬，只有当主人跑到它身边，趴在它的耳朵上大喊一声"驾"，它才会加速。

我们在破晓时分抵达被青草覆盖的破火山口，下方是一片像月球表面一样荒凉的景观，破火山口底部的部分地面被一缕缕薄云遮盖。巴托克峰矗立在它的中心，距离我们差不多有1英里，这是一座完全对称的金字塔形山峰，陡峭的灰色山坡上布满了深浅不一的沟壑。布罗莫矗立在左边，是一座低矮的山丘，它虽然没有巴托克那般轮廓分明，但圆形山顶上不断喷出的巨大的烟柱，让它更加引人注意。在曚昽的晨光中，围绕着破火山口的那圈参差不齐的屏障拉得很长很长。我们休息了一会儿，心中充满敬畏，耳边除了布罗莫发出的怒吼外，什么声音也没有。

巴托克死火山旁的搬运工

山地人喊了一声"驾",催促马儿沿着沙石小路往下走,这条小径一直通向破火山口的底部。太阳冉冉升起,把我们头顶滚滚的火山烟染成暗粉色。随着气温的升高,薄云缓缓散开,映入眼帘的是一片宽阔平坦但毫无特色的平原,它一直延伸到布罗莫和巴托克山脚下。荷兰人将这儿命名为"沙海",这个名字虽然生动,但并不准确。火山喷发出的灰色火山灰在风雨的作用下,慢慢填进这个巨大的碗形凹口。布罗莫火山周围没有夏威夷火山那样的熔岩流,这是因为两地火山喷发时的情况不一样。爪哇岛火山最典型的特征是它们的熔岩非常黏稠，在相对较低的温度下就能凝固。正是这一特点让它们的喷发变得如此剧烈，当地壳深处的熔岩上升到火山口时，它就会冷却，阻塞喷发口。地下的压力不断上升，最后发生剧烈的爆炸，将整座火山锥炸开。

马儿轻快地在贫瘠的平地上小跑着，不一会儿我们就到了布罗莫的山脚下。我们丢下它们，爬上陡峭而泥泞的斜坡，向火山口走去。我们站在火山口的边缘，凝视着脚下这口"大锅"，只见滚滚浓烟从下方300英尺处的一个大洞里喷涌而出，剧烈地升腾，大地在这巨大的冲击下不停地颤抖。不一会儿，一股乳灰色的烟柱轰鸣着腾空而起，直冲云霄，就在它即将接近我们的时候，一阵风吹来，滚烫的灰色尘埃散落一地，在火山口内侧形成了一道铅灰色的疤痕。

我们决定冒险，沿着覆盖着粉状火山灰的斜坡往下走了50英尺，每走一步，脚下都会发生细微的崩塌。火山的轰鸣压倒一切，在我们脚下释放出的巨大能量令人生畏。我回过头，看见老人正急切地示意我们往回走。有许多凹陷处充斥着浓重的有毒气体，我们如果在不知不觉间走进去，就再也回不来了。

几个世纪以来，当地人民一直向布罗莫贡献祭品，祈祷它不会突然爆发，给周围的村庄带来灭顶之灾。据说很久以前，这里还会用活人进行祭祀，不过到了今天，人们只会将一些硬币、鸡和布匹扔进这个地狱般的洞里。

　　这样的仪式是在我们到访后的几周举行的。有人告诉我们，人们聚集在火山口边缘敬献祭品。有些不太迷信且胆大的人会像我们那样爬进火山口，从神灵的"胃"里抢回一些祭品。在争抢一件更有价值的祭品时，一个人失足从陡峭的山坡上摔了下来。聚集的人群眼睁睁地看着他掉下去，却没有人愿意营救他。他的尸体像一个破碎的玩具，一动不动地留在火山口深处。

站在火山口拍摄的查尔斯·拉古斯

带有迷信色彩的习俗很难杜绝，尤其是那些声称可以安抚死神的；发生这样的悲剧，也许是因为牺牲人类的信念尚未从这个国家人民的头脑中彻底消失。

次日，我们驱车返回泗水。由于达恩的车库里并没有多余的车位，我们只能把吉普车停在窗子外面的碎石路面上。为了防止它被偷，我们拆除了发动机上的关键零件，让它无法移动。

第二天一早，我们打算开车去镇上。查尔斯启动发动机，挂上挡位，可是后轮却一动不动。我们仔细检查一番，惊恐地发现小偷在昨夜将半轴拧开，把它们从轮毂上拆了下来，导致车轮不再受主轴驱动。我们为此愁眉不展；达恩虽然也很苦恼，但并没有像我们这样烦躁不安，只是略感惊讶。

"哎呀，"他说，"有一段时间，这里非常流行偷挡风玻璃上的雨刷，所以大家都将它们锁起来，只在下雨的时候装上它们。看来那阵风已经过去，如今流行偷半轴了。或许，只不过是有人在小偷市场上预订了一套。我明天一早派园丁去那里看看，我想找到它们的可能性很大，这里的小偷通常会给被偷的人一个机会，让他们买回自己的东西。"

第三天早晨，那批半轴失而复得，不过花了我们好几百卢比。

时间飞逝，转眼到了该出发前往婆罗洲的日子。经历半轴被偷事件之后，我们非常担心摄影器材的安危，它们被分装在二十只箱子里，其中一些价值好几百英镑。我们计划先用吉普车把它们运到海关查验棚接收检查，再把它们送进船坞，沿着码头的斜坡搬到船上的一间带锁的客舱里。虽然说起来很容易，但实际上这是一项艰巨而危险的任务。达恩说，在码头上如果东西没有人看管，就等于把它们送给别人。为此，我们决定让达恩留在海关关卡，跟海关官员交涉；而我到船上去找我们预订的船舱，等器材送到时将它们锁起来；查尔斯则时刻陪着那些临时雇佣的搬运工，将货物搬上船。这样的安排似乎万无一失。

起初，一切顺利。我们奋力穿过拥挤的人群，来到海关查验棚，把所有的东西堆在栅栏外。达恩开始和海关官员谈判，我拿着船票和护照挤进船坞。我们的船是一艘大型货船，停泊在码头较远的地方。码头上贴的公告说，船还要等四个小时才出发，比货运公司通知的时间整整晚了三个小时，这让我非常不安。这里没有舷梯，也没有一个管事的人。如果想上船，就只能沿着一条狭窄的木板往上走。这条木板通向船侧的一个小黑洞，那显然是进入底层船舱的通道。搬运工和水手们蜂拥而至。当我犹豫不决地站着，考虑是否推迟原定计划时，我远远地看到我们的设备正从码头上缓缓下来。如果我不愿意从这里挤进去，那大家的精心安排将会毁于一旦。我踏上木板，挤进搬运工的队伍。船内一片漆黑，酷热难耐，弥漫着打赤膊的搬运工的汗味，他们紧紧地挤在我周围，让我寸步难行。突然，我想起衬衫的胸前口袋里装着我所有的钱、钢笔、护照和船票。我用手拍了拍口袋，摸到的却不是布料，而是别人的手。我使劲抓住这只手，慢慢地把它拽过来，从手指里夺回我的钱包。这只手的主人，是一个上身赤裸、汗流浃背的男人，他的额头上绑着一块肮脏的头巾，此时他正恶狠狠地瞪着我。搬运工紧紧地贴在我身上，咄咄逼人地抱怨着。这种情况下，温和的责备总比假装复仇的愤怒要更为合适，但我能想到的唯一一个词只有"tidak（不），不"。

听到这话，扒手略显紧张地笑了起来，这让我备受鼓舞。我带着一颗怦怦跳的心，以我能做到的最庄重的方式，沿着铁梯爬到上层甲板上。

查尔斯站在下面的码头上，守着手推车和行李。

"不管怎样，都不要从下层甲板进来，"我对他喊道，"我刚刚差点被偷。"

"我听不见。"查尔斯在起重机的轰鸣声和人群的叫喊声中回答道。

"我刚刚差点被人偷了。"我大喊道。

"你想把行李放在哪儿？"

我不再尝试告诉他我遇到的麻烦，而是用手使劲地指着甲板。他终于明白了我的建议。我找了一根绳子扔给他，一件一件地把行李拉到甲板上。当我把最后一只箱子拉过来时，查尔斯不见了。两分钟后，他气喘吁吁地跑到了上层甲板上，看上去很生气。

"你或许不会相信，"他喘着粗气说道，"但是我刚刚确实被人偷了。"

一个小时后，我们把所有行李安全地运进船舱。这段经历给我们好好上了一课，以后穿过人群时，我们都会用一只手紧紧地握住钱包，另一只手攥成拳头，随时准备自卫。事实上，这种习惯已经在我的脑海里根深蒂固。后来，我乘坐飞机，在三天之内就从雅加达的集市到了伦敦高峰时段的人群当中，一个陌生人在皮卡迪利广场不经意地推了我一下，我差点抡起拳头暴揍他一顿。

第六章

抵达婆罗洲

我们乘坐的船在爪哇海平静的蓝色水域里，已经安稳地向北航行了四天，如今正朝着婆罗洲东海岸的三马林达全速前进。三马林达是一个小城，坐落于婆罗洲最大的河流之一——马哈坎河的河口。我们想顺着这条河流到迪雅克人[*]居住的村庄，去那里寻找野生动物。目前，有两个人或许能为我们提供帮助：一个叫罗本龙，他是一位生活在三马林达的中国商人，达恩已经给他去了信；还有一个叫萨布朗，他不仅是一名出色的猎人，还是一位动物收集爱好者，住在三马林达上游几英里的地方。

在海上航行的第五天清晨，轮船缓缓驶入港口。罗本龙在码头上迎接我们的到来。他开车带着我们在城里兜了一整天，把我们引荐给当地官员。我们必须获得他们的批准才可以进入内陆地区。

罗本龙为我们预订了一艘名叫"克鲁温号"的快艇，如今，它正牢牢地被拴在防波堤上，在港口那满是垃圾的水中轻轻摇曳。这条船大约40英尺长，由柴油发动机驱动，驾驶室位于甲板中间，甲板的前半部分是船舱，上面顶着一块破旧不堪的帆布。整条船上共有五名船员，领头的是一位面色苍白的老船长，船员们都叫他"老爹"。

---

[*] 婆罗洲的原住民，主要分布在婆罗洲的中部和南部。——编注

老船长勉强答应第二天出发，我们听闻，立马赶到镇上采购生活物资，确保可以满足今后一个月我们在船上的所用所需。晚上，我们从集市上满载而归，不仅采购了锅碗瓢盆，还买了几袋大米、几捆胡椒、一些用香蕉叶包装的棕榈糖和一包小章鱼干。小章鱼干是查尔斯购买的，他认为，在吃了一周的白米饭之后，这种食物能够调剂一下口味。我们还买了六十块粗盐及几磅蓝色和红色的珠子，用以和迪雅克人交换动物。

　　旅程的第一晚，我们把船停在登加龙，这里矗立着一排排肮脏而破旧的木屋，它们沿着河流左岸绵延了大约1英里。我本期望船长可以通宵赶路，说实话，我有点迫不及待地想赶到迪雅克人住的村子，但是我的请求被老船长拒绝了。他说晚上驾船非常危险，不仅容易撞上河面上漂浮的原木，还可能会撞上其他航行的船只，因为这里绝大多数的船都没有装航行灯。

　　一群人聚集在码头上，毫不掩饰地盯着我们。达恩走上岸和他们闲聊。我们听说那个猎人萨布朗就住在这个村子。然而，达恩找不出一个认识他的人。那些人留下来欣赏我们吃饭，不过，当这项娱乐活动结束，天也黑了的时候，他们便四散而去。

　　我们原本打算睡在船的前舱，但是现在那里堆满了行李，还没有来得及收拾。我只能把用于露营的床搬下船，睡在四面通风的码头上。这儿的夜晚凉爽宜人，和炎热的白天判若两个世界。我很快就进入了梦乡。没承想，我刚睡着不久就被一阵窸窣声惊醒。只见离我的脸不足几英尺的地方，有一只硕大的老鼠正蹲在地上啃食棕榈果；另外几只老鼠如幽灵一般在码头上的垃圾堆里觅食；此外，还有一只老鼠拖着长长的尾巴，围绕着我们系缆绳的柱子打转。我希望甲板上没留下任何能吸引这群家伙的食物。我默默地瞧着它们在我周围不停地活动，但就是不想采取任何行动。只要一想到赤脚踩在它们中间，我就感到一阵恶心。这样躺在蚊帐里，我便莫名地感到安心。

不知又过了多久，我才迷迷糊糊地睡着。当我刚闭上眼睛，就被一阵"先生，先生"的呼唤吵醒。一个年轻人骑着自行车站在我旁边，我眯着眼看了看手表，还不到五点。

"萨布朗。"年轻人指着自己的胸口说。

我从床上跳下来，随手把纱笼套在赤裸的身体上，尽我所能让自己的声音听起来更加热情。我大声叫着达恩，过了一会儿，他顶着一头乱糟糟的头发，把头伸出舱门。面前的年轻人解释道，他得知昨晚有一群陌生人打听他的消息，他怕和我们失之交臂，便骑车从数英里外的家里出发，希望赶在我们出发之前来到码头。正如我们稍后发现的那样，这种迫切和热情完全符合萨布朗的性格。他是一个天生有进取心的人，在二十出头的时候，他曾在一艘商船上工作了几年，见识了他梦寐以求的大城市泗水。他离开商船后找到了一份高薪的工作，然而泗水的贫穷和肮脏让他非常震撼。为此，他毅然决然地选择回家，虽然挣得不多，但是在故乡的森林中更为舒心。如今，他住在登加龙，靠猎捕动物养活两个妹妹和母亲。他的帮助显然会让我们获益良多，所以我们提议他加入我们的团队。萨布朗爽快地答应了我们的请求。他蹬着自行车回去收拾行李，我们吃完早饭的时候，他就拎着一个小手提箱回来了。没等我们反应过来，他已经在船尾清洗刚才大家用的早餐餐具了。显然，萨布朗对我们来说是一笔难得的财富。

萨布朗忙完以后，坐下来和我们一起讨论接下来的计划。我勾画了一些感兴趣的动物线图，他告诉我们在哪儿可以找到这些动物，以及它们在当地的名字。所有动物中，我们最渴望见到长鼻猴，这是一种只生活在婆罗洲沿海树沼中的神奇动物。在猴子当中，它算是容易画的一种，因为雄性长鼻猴长着一个巨大而下垂的鼻子。萨布朗几乎立刻认出我那笨拙的草图，说它们生活在河流上游几英里远的地方，承诺带我们找到它们。

当晚，我们抵达长鼻猴的栖息地。老船长关闭发动机，

萨布朗

"克鲁温号"随着水流慢慢地漂向岸边高大的森林。萨布朗坐在船头，把手支在前额上向远处眺望。最后，他终于激动地指着河岸。在距离我们大约 100 码的地方，有一群猴子坐在水边茂密的草丛里，正在漫不经心地觅食。它们把叶片和花儿扯下来，塞进嘴里。这群猴子有二十只左右，见到我们，它们不但毫无畏惧，反而还一本正经地盯着我们。猴群中绝大多数是红色的母猴和幼猴，它们的长鼻子看上去滑稽可笑，如同马戏团里的小丑一样。管理猴群的公猴外表更加滑稽。它高高坐在一棵树的树杈上，长长的尾巴来回摆动，像一根挂着铃铛的麻绳。它披着一件在腰间突然收尾的红色外套，尾巴和屁股上覆盖着白色的皮毛，腿则是脏兮兮的灰色；远远望去，这家伙似乎穿着红色毛衣和白色泳裤。不过，它最大的特色还是巨大而松弛的鼻子，这鼻子像一根红色的香蕉一样垂在它脸上。鼻子如此之大，似乎给它的进食造成了极大的麻烦，它被迫将手在鼻子底下绕上一圈，才能把食物送进嘴里。我们的船离得越来越近，猴子们变得越来越警觉，最后一哄而散，敏捷地消失在森林里。

长鼻猴是纯素食主义者。没有一只长鼻猴能在热带以外的地方存活一段时间，原因是截至目前，还没人能设计出一种食物来替代它们赖以为生的叶子。所以从一开始，我们就没有打算捕捉它们，而是计划在河岸边探寻的时候，拍摄一些关于它们生活场景的镜头。

它们只在每天清晨和傍晚来到河边觅食，只要气温一升高，便立马躲到森林的树荫里睡觉。因此，白天的时候，我们会去寻找其他生物，特别是食人鳄。在三马林达时，我们获悉这条河里有很多这种鳄鱼，但令人遗憾的是，至今我们没有看到一点它们存在的蛛丝马迹。森林里有许多美丽的鸟儿，尤其是犀鸟。它们的繁殖习性在鸟类当中极其特殊，激发起我们浓厚的兴趣。它们一般在树洞里筑巢，当雌鸟在巢里孵蛋时，雄鸟会用泥土筑起一扇巢门，把它封在里面，门上只留一个小洞作为窗户。雄鸟会通过窗户把食物递给雌鸟，而雌鸟则会一丝不苟地清理自己的牢室，每天都将巢里的粪便丢出去。雌鸟一直留在巢里，直至幼鸟羽翼丰满。当它们能飞的时候，雌鸟会啄破泥墙，全家一起飞离巢穴。

几天以后，我们离开这个以农耕和渔猎为生的村庄，驾船驶入一片茂密的森林。航行的第五天，我们抵达一个小村庄。这里的河水很浅，河道与岸边的棕榈林之间隔着一段宽约100码的棕色泥土。我们将船停在一些漂浮的树干旁，随后顺着一排插在泥中的残缺的原木穿过泥浆，来到岸边。

我们第一次在河岸上见到迪雅克人的村庄，它掩映在成片的棕榈树和竹子之间。村子里有一间长约150码的木屋，屋顶铺着木瓦，屋底是林立的干栏，这使得整间木屋高出地面10英尺左右。村民们见到我们来拜访，纷纷前来围观，挤在屋前的长廊里。我们爬上陡峭的、凿有凹口的木柱，进入房屋，一位被当地人敬称为"帕丁吉"（petinggi）的老者，也就是当地的首领，在那里接待了我们。达恩用马来语和他打招呼，我们做了自我介绍；随后帕丁吉带我们一行人沿着长屋去一处可以坐下来抽烟的地方，聊聊我们接下来的行程。

我们走在木屋里，这里矗立着一根根巨大的铁木柱子，从房屋的一端一直延伸至另一端。柱子靠近屋顶的地方，装饰着虬结的木雕野兽。在这些木雕的上方绑着几根竹竿，它们的顶端被劈开，放了一些鸡蛋和米糕，据说这是送给神灵的礼物。木屋的椽子上还挂着落满灰尘的折盘，上面供着一些特殊祭品，在一束束裂开的枯叶之间，我们看到了头骨上面发黄的牙齿。

柱子之间还有一排排特殊的摆满长鼓的架子。走廊的地面铺着用锛子削成的巨大的地板，地板的一侧是走廊的廊柱，另一侧是一堵木墙，墙后就是一间间房间，每间都住着一户人家。

然而，这座气势恢宏的建筑物正在慢慢地衰败。一些地方的房顶已经坍塌，下面的房间也被废弃。覆盖在鼓面上的羊皮出现一道道裂痕，有些地板更是破烂不堪，布满白蚁洞。在长屋的两端，一些木柱孤零零地立在发芽的香蕉树和竹子之间，表明这座建筑在其鼎盛时期应该有着更大的规模。我们走在长廊上时，发现那些围观的村民大都穿着背心和短裤，并没有穿迪雅克传统服饰。尽管村民们能够接触到外面世界的新潮流，但是老人们并未完全抛弃从年幼时就耳濡目染的礼仪，那时这些古老的习俗还未被玷污。妇女们几乎都打有耳洞，由于从年轻时她们就开始佩戴沉重的银耳饰，耳垂已经被坠到肩膀上；除此之外，她们还在手上和脚上文上蓝色的文身。这里的人无论男女都喜欢嚼槟榔，槟榔将他们的口腔染成棕红色，有些人的牙齿被腐蚀得只剩下黑色的牙根。走廊的地板上布满红色的星状斑点，那是他们吐过唾液的地方；槟榔会增加唾液的分泌。如今已经很少有年轻人咀嚼槟榔，相反，为了让牙齿更好看，他们还会给自己的牙齿镶金。

帕丁吉说，罗马天主教的传教士就住在离长屋不远的地方，还建造了一座教堂和一所学校。他的村民在接受新的信仰时，便会扔掉那些在战争中俘获的，并使他们受到一代代人膜拜的头盖骨，在墙上张贴宗教版画。不过，尽管传教士们在这里工作二十余年，到目前为止，信奉天主教的村民还不到一半。

晚上，我们坐在"克鲁温号"的甲板上吃晚饭，一个迪雅克人倒提着一只扑棱着翅膀的白鸡，顺着沼泽里泥泞的木栈桥走来，迅速而敏捷地爬上船，把鸡交给我们。

"帕丁吉送你们的。"他严肃地说道。

另外，他还带来一条口信。今天晚上为了给新人举办婚礼，长屋里将会有音乐和舞蹈表演。如果我们愿意前往，他们将十分欢迎。

我们送他一些粗盐，作为给帕丁吉的回礼，并表示我们非常乐意接受邀请。

村民们在长廊上围坐成一大圈。新娘是一个美丽的女孩，长着椭圆形脸蛋和一头乌黑光滑的秀发，低垂着眼睛坐在她的父亲和丈夫之间。她打扮得非常隆重，头上戴着由鲜红色的珠子穿成的头饰，身着一条绣满花纹的裙子。新娘的面前，两位年长的妇女头戴点缀着虎牙的小珠帽，手里拿着马来犀鸟长长的黑白相间的尾羽，在椰油灯闪烁的灯光下，优雅从容地翩翩起舞。一个赤裸着上身的男人坐在人群的另一边，不停地敲打着架子上的六面锣，演奏出的音乐无趣而又单调。我们走进长屋，帕丁吉见状站起来，示意我们坐在他身边，以示尊敬。他对我带来的绿盒子很好奇，我试图向他解释，这个小盒子可以捕捉声音。他有些困惑。我偷偷地装上麦克风，录了几分钟锣鼓敲击的声音，在演出间隙，我用小播放器给他回放了这段音乐。

帕丁吉站起身来，让舞者停止表演。他叫乐师将锣放在人群中央，命乐师演奏一段更欢快的新曲调，并请我将它录下来。孩子们被这个新节目弄得兴奋极了，他们大声交谈，以至于我几乎都听不见音乐了。我担心录音质量不佳会令帕丁吉失望，便将一根手指放在嘴上，试图让他们保持安静。

回放的效果非常成功，它刚一结束，长屋里就回荡起阵阵笑声。这次表演给帕丁吉带来了极大的满足感，他甚至做起指挥，组织有意愿的村民对着麦克风唱歌。正当他乐此不疲时，我却瞥见新娘孤零零地坐在原地，被冷落了。我突然意识到我扰乱了为她举行的庆典，这让我感到无比羞愧。

在迪雅克人的长屋里录音

"差不多了，"我说，"机器受不了了。不能再录了。"

没过一会儿，庆典重新开始，不过大伙儿都心不在焉。每个人都目不转睛地盯着我身边的录音机，期待能有更多的奇迹。我赶忙带上它逃回船上。

第二天上午，庆典继续进行。男人们在鼓和像吉他一样的三弦琴的伴奏下载歌载舞，成为典礼上的主角。他们中的绝大多数人穿着传统的缠腰布，手持盾牌和利剑，在长屋前缓慢地昂首阔步，时不时地跃到半空中，发出刺耳的喊叫。其中有一个人的扮相令人印象深刻，他从头到脚披着棕榈叶，此外还戴着一个漆成白色的木制面具，面具上有一个长长的鼻子，鼻孔大张，满口獠牙，还镶嵌着两只用圆镜片做的眼睛。

我本来还担心拍摄会侵犯村民们的隐私，后来发现是我多虑了；迪雅克人对我们的一切也充满好奇。他们每晚都会爬上船，坐在甲板上看我们用刀叉吃饭，因为他们觉得这种吃饭的方式很独特；他们还会入迷地盯着我们的设备。晚上最激动人心的时刻要数录音机内部结构展示，此外，拍照时亮起的闪光灯也大获成功。

后来，我们胆子变得越来越大，直接走进长屋后面的私人房间。我们发现只有极少数的人家里有低矮的睡榻，上面挂着脏兮兮的破蚊帐；绝大多数房间里只铺着藤条垫子，他们不论是吃饭、休息，还是睡觉，都在那上面。没有家具似乎并未影响大家的生活，然而婴儿却不行，为了解决这个问题，母亲们会把孩子放在长长的布圈里，将布圈的一端绑在天花板上。平时，孩子就以直立的姿势睡在里面，一旦他们哭闹，母亲们只要轻轻地推一下，布圈就会缓缓地来回摆动。

━━━━━━

我们逢人就邀请他们帮我们捕捉动物，而且承诺不论捉到什么都可以获得慷慨的回报。我们深知，即使是最笨拙的迪雅克猎手，在一周内捕到的动物也比我们在一个月内捕获的要多得多。然而不幸的是，似乎没有人对此感兴趣。我在长屋中一个房间的地板上看到一堆羽毛，那是婆罗洲最美丽、最壮观的鸟类之——大眼斑雉的翅羽。

"这只鸟在哪儿？"我痛苦地问道。

"在这儿。"女主人一边回答，一边指了指地上的葫芦，那里面盛着已经褪了毛、正要下锅的鸟肉。

我长叹一口气。"如果你能给我一只这样的鸟，我会给你很多很多珠子。"

"可是，我们只是饿了。"她简单地回答。

显然，没人愿意相信我们会支付足够有诱惑力的报酬，让他们觉得为我们捕捉活的动物是值得的。

有一天，我和查尔斯在森林里拍完动物，正打算往回走时，遇到一个年长的男人，他是我们在"克鲁温号"上的常客之一。

"*Selamat siang.*（下午好。）"我说，"日安。你能帮我们捉动物吗？"

老人摇摇头，然后笑了笑。

"好好看看这个。"我一边说，一边从口袋里拿出一个在森林里捡到的东西。它看上去像是一大块抛光的大理石，上

101

面有橙色和黑色的条纹。它突然伸展开来，向我们展示自己是一只非常英俊的巨型千足虫。它用无数条腿在我的手掌上稳稳地爬着，小心翼翼地挥舞着有节的黑色触角。

"我们想要很多很多的动物，不论个头是大是小。如果你能给我一只这样的，"我指着千足虫说，"我就给你一根烟。"

老人瞪大了眼睛。

这的确是一个奢侈的价格，但我急于强调我们是多么热衷于获得各种动物。我们离开时，老人还目瞪口呆地站在那里，这样的反应让我非常满意。

"如果我们运气好，"我对查尔斯说，"他将是我们捕兽队的第一个新兵。"

第二天一早，萨布朗叫醒我。

"一个男人带了很多很多的动物来找你们。"他说。

我兴奋地跳下床，冲上甲板。果不其然，是那个老人。他拿着一只大葫芦，仿佛那是一个价值不菲的宝贝。

"这里面是什么？"我热切地询问。

他小心地把里面的东西倒在甲板上。据粗略估计，葫芦里有两三百只棕色千足虫，和我在伦敦自家花园里发现的几乎没有什么不同。虽然我很失望，但我还是忍不住地笑了起来。

"非常好，"我说，"给你五根香烟作为带来这些动物的奖励，不能再多了。"

老人耸了耸肩，对巨大财富的憧憬渐渐消失。支付完报酬后，我小心翼翼地把所有的千足虫装回葫芦里。当晚，我就把它们带到离村子很远的森林里放生了。

这五根香烟真是一笔不错的投资，能够获得报酬的消息迅速在村子里传开。随着时间的推移，迪雅克人逐渐给我们捉来各种各样的动物。他们对获得的报酬非常满意，涓涓细流变成了洪水。没过多久，我们便收集到大量的动物——小绿蜥蜴、松鼠、灵猫、冕鹧鸪、原鸡，其中最具魅力的当数短尾鹦鹉。这些可爱的鸟儿身体翠绿，长着猩红色的屁股、橙色的肩膀，额头上还有蓝色的星星状纹饰。在马来语中，它们被称为 *burung kalong*，即"蝙蝠鸟"。这是一个特别贴切的描述，因为它们有一个特殊的习惯——倒挂在树上休息。

建造笼子，饲喂和清洁所有的动物，让我们忙得不可开交。随着动物数量的增加，我们不得不把"克鲁温号"甲板的右舷改造成一座小动物园，将笼子高高地堆在帆布雨篷下面。动物园最后接收的一只动物是个大麻烦，它给我们带来的工作量比其他任何动物都要多。某天早晨，一位迪雅克村民带着一只藤篮站在岸边，看样子是要来给我们送动物的。

"先生，"他说，"这是熊。您要吗？"

我把他叫到甲板上，他递给我一只袋子。我朝里面瞅了瞅，轻轻地从里面拿出一小团黑色的皮毛。那是一只小熊。

我们初次见到小熊本杰明的时候，它每隔三小时就需要进一次食

猎人说："我在森林里发现了它，没有看到母熊。"

这只小熊刚出生不过一个星期，眼睛还没有睁开，它躺在那里，开始哭闹，长着粉红色肉垫的大爪子不停地挥舞着。查尔斯急急忙忙地走到船尾，准备了一些稀释的炼乳；我则取了一些粗盐给那个人，作为报酬。小家伙长着一张大嘴巴，但是还不太会用奶瓶，半天嗫不出来一滴奶。我们不得不把奶嘴上的洞越切越大，直到温热的牛奶可以自动溢出。然而在我们把奶嘴塞到它的嘴里之前，牛奶就顺着它的嘴唇全部流了出来，它还是没有吃进去一点东西。由于饥饿，现在它的哭闹声更大了。我们绝望地扔掉奶瓶，试着用钢笔的储墨器喂它。我抱着它的头，查尔斯把储墨器塞进它那还没长牙齿的嘴里，然后往它的喉咙里挤牛奶。小家伙刚吃一口就打了一串可怕的响嗝，使它的身体不断地抽搐。我们轻轻地拍了拍它，揉了揉那粉红色的大肚子。它缓了过来，我们再次尝试。一个小时后，我们终于让它喝下去大约半盎司*的牛奶。最后，它累得筋疲力尽，昏睡过去。

谁知道还不到一个半小时，它又叫嚷着要喝奶。不过，这第二餐它喝得轻松多了。两天之后，它第一次从奶瓶里嗫出奶，我们觉得现在终于能抚养它了。

---

* 1 英制液体盎司约等于 28.41 毫升。——编注

我们在村里停留的时间远远地超过了原计划，现在是离开的时候了。迪雅克人来到栈桥，向我们挥手告别，我们忧伤地带着收集到的动物顺流而下。

本杰明，也就是我们收养的那只小熊崽，是一个要求很多的家伙。不管是白天还是晚上，它每隔三个小时就要吃东西。如果我们稍有怠慢，它会变得异常愤怒，浑身发抖，小小的鼻子和口腔甚至气到发紫。然而，给它喂奶真是一件苦差事，它长着长长的尖爪子，喝奶的时候非要用爪子紧紧抱

给本杰明喂奶

住我们的手，否则它就不愿安心地吮吸。

　　它真不是个漂亮的家伙，不仅头大得不成比例，还是个罗圈儿腿，黑色的皮毛又短又硬。它的皮肤上还布满小痂，每个痂里都隐藏着蠕动的白色蛆虫；每顿饭后我们都要替这些伤口清洗和消毒。

　　几个星期后，它开始走路，性情也发生了变化。它经常摇摇晃晃地在地上走来走去，见到任何东西都要嗅一嗅，还会自顾自地发出咕咕哝哝的声音。这时的它早已不再是那个急躁而苛刻的家伙，摇身一变，成了一只人见人爱的"小狗"，大家都特别喜欢它。后来，我们把收集到的动物带回伦敦市，那时本杰明还需要人工喂养，所以查尔斯决定不把它和其他动物一起送到伦敦动物园，而是把它带回自己的公寓里，先喂养它一段时间。

　　如今，本杰明已经是我们第一次见到它时的四倍大，长出白色的大牙齿，能很好地保护自己。它在大多数时间里都表现得彬彬有礼，然而，一旦有人打搅正在做调查或玩游戏的它，它会勃然大怒，不仅愤怒地咆哮，还用爪子疯狂地乱抓。它撕破了查尔斯家的油毡，啃坏了地毯，刮花了家具，但是查尔斯还是一直把它留在家里，直到它学会从碟子里舔牛奶的诀窍，不再依赖奶瓶。在此之后，本杰明才被送到伦敦动物园。

第七章

猩猩查理

婆罗洲所有的动物中，最令我魂牵梦萦的是猩猩。这是一种非常奇特的类人猿，其马来语名字的意思是"生活在森林里的人"。它们仅在婆罗洲和苏门答腊岛被发现过，而且即使在这两个地方，它们也只剩下很小的几块栖息地。在婆罗洲北部，这种动物已经非常罕见了，尽管我们在婆罗洲南部遇到的每个人都坚持说这种动物特别多，但是很少有人亲眼见过它们，哪怕是一只。在这里的最后几天，我们决定沿着马哈坎河做一次深入的搜寻，慢慢地顺流而下，拜访沿途的每一个村庄，即使是一间小茅屋也不放过，直至找到最近见过类人猿的村民。

我们特别幸运，没走多远就遇到几个见过猩猩的人。那是返程的第一天，我们在一座水上小屋旁停下来，它搭在用铁木建成的、绑在岸边的浮桥上。屋主是个生意人，主要以迪雅克人从森林里运出来的鳄鱼皮和藤条，与从三马林达沿河而来的中国船只进行货物交换。我们走上浮桥，只见几个迪雅克人站在那里，外表粗犷，一头直发乌黑发亮，额前留着短刘海，全身除了缠腰布之外一丝不挂，每个人身上都挎着一把长弯刀，木鞘上扎着漂亮的流苏。他们说，过去的几天里，一个猩猩家庭不停地偷食长屋附近种植园里的香蕉。这正是我们一直苦苦寻求的消息。

达恩问："你们的村庄距离这里有多远？"

其中一个迪雅克人用审视的目光盯着我们。

他说:"迪雅克人需要走两个小时,白人嘛,需要走四个小时。"

我们毫不迟疑地决定前往那里。村民们不仅答应做我们的向导,还帮忙搬运行李。我们卸下器材、几件换洗衣服和一些食物,迪雅克人将这些物资妥善地存放在用藤条编制的筐子里。萨布朗留在"克鲁温号"上照顾本杰明和其他动物。一切安排妥当后,我们跟着村民们进入河岸边的森林。

没过多久,我们终于明白为什么迪雅克人瞧不起白人,身为白人的我们的确没有办法追上他们的步伐。这条通往村里的路不仅要穿过一片泥泞的森林,还要经过一系列沼泽。在水位较浅的地方,我们还能勉强涉水走过去;一旦遇到较深的水坑,我们只有借助细长而光滑的树干才能通过,这些树干往往在浑浊的水面下1英尺深的地方。那几个迪雅克人即使遇到障碍物也几乎不会放慢脚步,就好像是走在平坦的大道上一样。而我们必须集中注意力,才能勉强保持平衡。我们小心翼翼地用脚感知那些看不见的原木,如果不慎一脚踩空,就会落进深水里。

我们足足花了三个小时才抵达这群人居住的长屋。它比我们早些时候拜访的那座长屋还要破败,地面上铺的不是木板,而是劈开的细竹条;长屋里没有私人房间,仅用几面薄薄的屏风作为隔断。向导领着我们穿过拥挤的长屋，来到一个角落，这是我们存放行李和休息的地方。此时，夜幕已经降临，我们在石头灶台旁的一小堆火上烹制晚餐吃的米饭。晚餐结束后，天已经黑透。我们躺下来，把叠起的夹克枕在头下，准备进入梦乡。

通常，我能勉强地在硬木地板上睡个安稳觉，但前提是有一个安静的环境，然而长屋里却充斥着各种噪声。流浪狗在屋里四处游荡，只要有人把它们踢出去，它们就会狂吠不止；斗鸡也在绑在墙上的笼子里不停地啼叫。一群人坐在离我们不远的地方赌博，只见他们抽动铁板上的陀螺，让它快速旋转，紧接着在上面盖上半个椰子壳，然后高声下注。几个妇女围着一座四周挂着布帘的奇怪的矩形建筑祈祷。除此以外，还有几位没有被吵闹声惊扰的村民横七竖八地躺在地板上：有的人四肢摊开；有的人背靠墙坐着；还有的人抱着膝盖，把头靠在前臂上。

为了减少噪声的干扰，我把一件换洗衬衫盖在头上。虽然外界的一些杂音变得模糊了，但我的注意力又被枕头下发出的声音所吸引。几头臭烘烘的猪在我睡的地板下面拱着长屋干栏之间的垃圾，不时地发出尖叫和咕噜声。村民走动时，弹性极好的竹制地板会发出吱吱声，每当有人走到我附近时，我的身体还会轻微地弹起来。当晚，最厉害的是一个在离我

20 码远的地方走路的人，他让地板发出尖锐的响声，简直和从我头上直接踏过去一样。我之所以做出这样的比喻，是因为人们确实经常跨过我俯卧的身子。

那些犬吠鸡鸣、窃窃私语、咕噜咯吱、叫喊吟唱叠加在一起，形成一种持续不断的噪声，变得越来越单调乏味。在它的陪伴下，我竟进入了梦乡。

早晨，我一觉醒来，感觉浑身僵硬，无精打采。查尔斯和达恩拉着我，来到距离长屋约有 100 码的小河里洗澡。那里早已挤满洗漱的村民，赤身裸体的男人们聚在深水池里，女人们则在下游几码远的地方洗漱。我们沐浴着温暖的阳光，坐在一个整洁的木头平台上，让双腿垂在波光粼粼的溪流中。向导也在这儿洗漱，洗完之后，我们和他一起返回长屋。

回去的路上，我们经过一座新修的茅草棚。我发现它下面的平台上立着一根长长的棕色木柱，柱子一端刻着一个人的形象。一头身形硕大的水牛被拴在旁边。

"那根柱子，"我指着柱子问道，"是干什么用的？"

"长屋里有人死了。"他回答说。

"长屋的哪里？"

他说："跟我来。"我们跟着他沿着木柱凿成的梯子走进长屋。

"这里。"他指着昨天夜里女人们一直围着祈祷的那个挂着布帘的台子说。我竟然在离尸体几码远的地方毫无戒心地睡了一宿。

"那个男人什么时候死的？"我问道。

向导想了想，说道："两年了。"

他说迪雅克人非常重视葬礼。一个人生前越是富有，后人为他举办的葬礼就越要隆重和漫长。长屋里去世的那个人是个重要人物，但是他的孩子们非常贫穷，整整花了两年时间，才攒够举办一场体面的葬礼所需的费用。这段时间里，人们将逝者的尸体安放在一棵大树上，任凭风吹日晒，鸟啄虫食。

如今，举办葬礼的时候到了，逝者的后人从树上取下骸骨，等待最后的安葬。

那天下午，村里的乐手们把锣从长屋里扛出来演奏，一群哀悼者围着空地上竖起的柱子跳舞。这是一个简短而不引人注意的仪式，前后一共持续半个小时左右。

我问我的朋友："仪式结束了吗？"

"没有。我们会在仪式结束时杀死水牛。"

"那什么时候杀它呢？"

"大概二三十天以后吧。"

接下来的一个月，葬礼活动将日复一日地进行，频率和持续时间逐渐增加。最后一天举办的仪式最为隆重，所有的村民会手持弯刀从长屋出来，围着水牛转圈。待舞蹈达到高潮时，他们会靠近水牛，把它砍死。

———

我们向村民们承诺，如果有人能带我们找到一只野生的猩猩，那他可以获得丰厚的奖励。第二天早上五点，第一个试图领赏的人叫醒我们。查尔斯和我抓起摄像机一路小跑，跟着那个人进入森林。当我们一行人来到他曾看见猩猩的地方，只见地上散落着一些刚刚咀嚼过的榴莲果皮，榴莲是猩猩最喜欢的食物。旁边的大树上有一个用折断的树枝建造的巨大平台，那个大家伙昨晚就睡在这里。我们在附近搜寻了一个小时，最终还是没能找到它，只好失望地返回村里。

那天上午我们又在森林里扑空三回，第二天扑空四回。村民们渴望得到作为报酬的食盐和烟草，所以特别踊跃地为我们提供信息。第三天一早，又有一个猎人说他刚刚见到一只类人猿，我们跟着他飞奔而去，蹚过深深的淤泥，完全顾不上挂在我们袖子上的棘刺，一心只想在猩猩离开之前赶到现场。前方有一棵倒木横在深深的溪水上方，我们的向导从树干上小跑过去。我扛着沉重的三脚架，尽可能快地跟着他，随手抓住一根树枝来保持平衡。不幸的是，它断了。由于另一只手紧握着三脚架，根本无法保持平衡，我脚下一滑，掉进 6 英尺深的河沟里，落下的时候胸部重重地撞在树干上。我挣扎着从水里站起来，喘着粗气，右侧肋骨疼痛难忍。还没等我爬到岸边，迪雅克人就走了过来。

"哎呀，先生，哎呀！"他一边低声说着，一边满怀同情地一把将我抱在他身边。我感觉肺里没有一点空气，全身瘫软，只能无力地呻吟。在他的帮助下，我从水里出来，爬上了岸。这一跤摔得特别严重，我右腋下的双筒望远镜直接被磕成两半。我轻轻地摸了摸自己的胸部，通过肿胀和疼痛的程度，我确信自己折断了两根肋骨。

我平复呼吸后，大家继续慢慢往前走。没过多久，迪雅克人开始模仿猩猩的叫声，咕噜声和凶猛的尖叫声交织在一起。我们很快便听到回应，抬头一看，只见一个巨大的、毛茸茸的红色身影在树枝间晃动。查尔斯迅速架好器材，开始拍摄，而我则靠在一旁的树桩上，照料我疼痛的胸口。猩猩悬挂在我们头顶，露出黄色的牙齿，愤怒地尖叫着。它大概有 4 英尺高，重约 10 英石*——我敢肯定，它比我见到的任何一只囚禁在动物园里的猩猩都要大。它爬到一根细树枝的顶端，用硕大的身体把树枝压弯，倒向旁边的一棵树。然后，

---

* 1 英石约等于 6.35 千克。——编注

它伸出一条长长的胳膊，缓缓地爬过去。它偶尔也会折断一些小树枝，怒气冲冲地把它们朝我们扔过来，但它似乎并不急于逃跑。不久，其他帮忙搬运设备的村民也加入我们的队伍，热心地砍断周围的树苗，让我们可以更加清楚地看到它。潮湿的森林里到处都是蚂蟥，我们不得不每隔几分钟就停下来处理一次。如果我们在某个地方待的时间过长，它们便会像小蠕虫一样从低矮的灌木叶片上爬过来。一旦到了我们身上，它们就爬到大家的腿上，然后一头扎进肉里吮吸鲜血，直到身体肿胀到原来的数倍之大。我们过于专注地观察类人猿，根本没有意识到它们的存在，直到迪雅克人好心指出来，并用刀将它们剃下来。就这样，我们拍摄过的地方不仅到处是倒下的树苗，还有一堆被割断的蚂蟥。

我们拍完所有需要的镜头后，开始收拾设备。

其中一个迪雅克人问道："结束了吗？"

我们点了点头。几乎与此同时，一声震耳欲聋的爆炸声在我身后响起，我转过身来，看到有一个人的肩上扛着一把冒烟的枪。幸好猩猩没有受到严重的伤害，因为我们听到它安全地逃到了远处，然而我却气得说不出话来。

"为什么？为什么？"我气愤地问道。射杀这样一只类人猿几乎等于谋杀一个人。

那个迪雅克人目瞪口呆。

"但它不好！它偷吃我的香蕉，还偷了我的米饭。所以我就开枪了。"

我哑口无言。迪雅克人不得不从森林里寻找生计，而我却不需要。

那天晚上，我躺在长屋的地板上，每呼吸一次都感到肋骨刺痛，后来头也开始痛。突然，一阵骇人的震颤袭来，我开始不由自主地颤抖起来，牙齿也剧烈地颤动着，几乎说不出话来。我得了疟疾，查尔斯喂了我几片阿司匹林和奎宁。我熬过了糟糕的一夜，葬礼上的恸哭和鸣锣声让我更加不安。早上醒来，我身上的衣服全部被汗水浸湿，整个人特别难受。

直到中午，我才算完全清醒过来，和大家一起讨论返程事宜。我们已经拍到猩猩，实现了来这个村子的目的，该回去了。我们的行进速度十分缓慢，我在途中还休息了好几次。当我们最终抵达"克鲁温号"时，我长长地舒了一口气；我可以躺在一个比较舒适的铺位上，把发烧时没有流出来的汗全部流完了。

———

刚登上"克鲁温号"时，船员们显得有些拘谨，除了老船长，没有人愿意和我们交流。尽管这样，我在第一晚就把唯一搭理我们的老船长给惹恼了，只因为我提出了通宵航行的建议。我能感觉到，在他们眼里我们就是一群无知却无害的疯子。

然而相处了几周后，他们的态度发生了变化，变得越来越友好。一路上，老船长为我们的工作提供了许多帮助，只要他看到森林里有任何动静，他就会主动地降速，询问我们是否需要拍摄他发现的动物。轮机长是一个心胸坦荡且身材魁梧的城里人，身上除了一件他所谓的蓝色工作服之外，什么也没穿。他对丛林毫无兴趣，对迪雅克人的长屋也是如此。他几乎从不上岸，经常坐在机舱上方的甲板上，悲伤地用指甲剪拔自己下巴上的胡须。每当有什么争论时，他总有一句标准的俏皮话。"Tidak baik，"他会说，"Bioskop tidak ada."这句话的意思是："不好，没有电影院。"

讲笑话是我们在这条河上长时间航行时最主要的消遣方式之一。然而，创作笑话却是一个异常艰苦的过程，往往要花费好几个小时的时间。每次想到好点子之后，我还需要耗费一刻钟的时间查阅词典，把它翻译成马来语。然后我会走到船尾，那是船员们坐着煮咖啡的地方，我会煞费苦心地和他们分享我的笑话。通常，大家会一脸茫然地看着我，我不得不回去重新完善措辞。我通常需要尝试三四次才能成功地表达我的意思，当我这样做的时候，船员们总是哄堂大笑。

我怀疑，逗他们乐的不是我的笑话，而是我滑稽的行为。笑话中的玄机就算被破解，也不会被我们抛弃，而是成为每个人的保留节目，在接下来的几天时间里一次又一次地被重复提起。

轮机长让大管轮希达普大部分时间都待在机舱里，因此我们很少看到后者。一天晚上，剃光所有头发的他突然出现在甲板上，满脸通红地坐在那里，摸着光秃秃的头皮，嘲笑自己的窘态。后来轮机长说，这是因为他头上生了虱子。

水手杜拉是一位满脸皱纹的老人，他一路上花了很多时间教授我们马来语。和欧洲最优秀的教育家们一样，他认为教一门外语的最好方法是决不让学生说母语。因此，他常常坐在我们身边，用清晰得夸张的语调，耐心地、缓慢地谈论他能想到的任何话题——印度尼西亚服装的命名、不同大米的品质——他的话题总是冗长而枯燥，以至于没过几分钟，我们就绝望地陷入迷茫中，只能故意点头回应："是，是！"

船员中的第五人，水手长马纳普，是对我们帮助最大的一位。他是一个英俊的年轻人，虽然他不爱说话，但是如果我们在航行中看到森林里的动物，而他又在掌舵，他就会用比任何人都要娴熟的技术和更大的胆量越过危险的浅滩，把我们带到离河岸更近的地方。

不过，船上精力最充沛的人还是萨布朗。他不仅要负责绝大多数动物的清洁工作，给它们喂食，而且要给我们做饭；如果我们把脏衣服脱在他能看见的地方，他二话不说就会给大家洗干净。一天晚上，我和他说我们将离开婆罗洲，打算向东前往科莫多岛，寻找科莫多巨蜥。他激动得眼睛发亮，当我问他是否愿意和我们同行时，他兴奋地抓住我的手，一边上下摇晃，一边说："太棒了，先生，我愿意。"

　　一天早晨，萨布朗建议我们将船停靠在岸边，他说他有一位叫达尔莫的迪雅克朋友住在附近。这人曾经帮助他捕捉过动物，最近他可能捉到了一些新的动物，或许可以和我们做一个交易。

　　我们看到一间凌乱而破败的小木屋，一个老头坐在门口的台阶上，一头油腻的长发垂在背上，前额上耷拉着凌乱的刘海，他正在削木头。这人正是达尔莫。我们的船慢慢靠近，萨布朗跟他打了个招呼，问他最近有没有捉到什么动物。达尔莫抬起头，不动声色地说道："*Ja, orangutan ada.*（是的，有一只猩猩。）"

　　我三步并作两步，兴奋地飞奔过去。达尔莫指着一个四周围满竹条的木箱子，只见一只满脸惧色的小猩猩蹲在里面。

我小心翼翼地把手伸进去，轻轻地挠挠它的后背，这个小家伙却尖叫着转过身来想咬我。达尔莫说这是他前几天抓到的，当时这家伙正在他的种植园里搞破坏。在激烈的搏斗中，他的手被咬成重伤，而这只猩猩则擦伤了膝盖和手腕。

萨布朗代表我们开始谈判，达尔莫最终同意我们用剩下的食盐和烟草交换这只猩猩。

把它带回"克鲁温号"后，我们的第一个任务是把它转移到一只更大、更好的笼子里。我们将两只笼子面对面放在一起，然后抽出旧笼子的栅栏，打开新笼子的门，用一束香蕉引诱猩猩进入新家。

这个小家伙是个男孩，大约两岁，我们给它取名为查理。收养它的头两天，我们让它独自待在笼子里，希望它能安稳下来，适应新环境。第三天，我打开笼门，小心翼翼地把手伸进去。起初查理会抓住我的手指，然后露出黄色的牙齿想咬我。随着我的坚持，最后它默许我慢慢把手伸向它，挠它的耳朵和肚皮，在这种情况下，我会给它一些甜炼乳作为奖励。下午我继续重复这个过程，查理表现得很好，于是我大胆地将炼乳挤在食指上喂它。查理试探性地噘起宽大而灵活的嘴唇，大声地吮吸黏糊糊的炼乳，丝毫没有想咬我的意图。

那一天的大多数时间里，我都坐在它的笼子旁，和它轻声地交谈，透过笼子前部的铁丝栅栏轻轻地挠它的后背。直

在"克鲁温号"的甲板上，我与猩猩查理在一起

到晚上，我才赢得它足够的信任，它允许我检查胳膊和腿上的伤口。我轻轻地握住它的手，拉直它的胳膊，给它手腕上的擦伤处涂抹了很多消炎药膏，在这期间，小家伙一脸严肃地盯着我。由于这种药膏看上去特别像炼乳，还没等我涂完，查理就把它舔去一大半，我希望剩下的药膏能够发挥功效。

查理适应的速度让我们所有人感到惊讶。很快，它不仅能够容忍我的爱抚，而且积极地寻求这样的爱抚。如果我经过它的笼子时不停下来和它说几句话，它会朝着我大声尖叫。我站在笼子旁喂那些叽叽喳喳的鸟儿时，它也会把瘦长的胳膊伸出笼子，拽着我的裤子。它特别固执，为此，我不得不一只手喂鸟，另一只手紧握着它粗糙的黑色手指。

我迫切地希望它能尽快离开笼子，这样一来，它可以做一些运动。有整整一个上午，我都把笼门开着，它却拒绝出来。在它看来，笼子并不是监狱，而是它熟悉的一所房子；相较于甲板上令它困惑的未知世界，它更喜欢坐在笼子里，棕黑色的脸上挂着一副略带沉思的严肃表情。

我决定用一罐它喜欢的热甜茶把它引诱出来。我按计划拿着甜茶走过去，它见状满怀期待地坐起来，但是我并没有把茶递给它，而是放在敞开的笼门外，它气得尖叫起来。它试探着走到门口，小心翼翼地向外张望。我把茶放在它够不着的地方，它被迫走到门外，双手抓住门，弯下身去啜了一

正在喝茶的查理

口。一喝完，它就摇摇晃晃地返回笼子。

第二天，我打开笼门，它竟然自己主动走出来，然后坐在盒子上，让我陪着它玩。我挠了挠它的腋窝，它顺势躺下来，脸上绽放出陶醉的笑容。可是，没过多久它就玩腻了，纵身跳到甲板上。首先，它在甲板上检阅了所有的动物，若有所思地用手指拨了拨铁丝栅栏。其次，它把罩在本杰明盒子上的布一把扯下来；那只小熊崽想着可能是食物来了，大声地叫嚷起来，吓得查理连忙后退。后来，它又挪到短尾鹦鹉的面前，用弯曲的食指设法偷走了一些米饭，我本想阻止，但迟了一步。它的注意力又转移到了甲板上各式各样的物品上，它把每一件东西都捡起来咬了咬，再用小鼻子闻一闻，评估它们的可食用性。

我觉得是时候让它返回笼子里了，然而查理并不想这样，它慢慢地从我身边走开。我的肋部还肿胀着，而且特别疼，所以我的移动速度不比它快。我慢吞吞地追着查理，试图让它按照我的指示返回笼子，轮机长见状被逗得哈哈大笑。最后，我靠贿赂成功了。我给查理看了一只鸡蛋，然后把它放在笼子的深处。查理神气地爬进笼子里，在蛋壳的顶部咬了一个小洞，干净利落地吸干鸡蛋。

从那一天起，下午出来散步的查理成为船上日常生活的一部分。虽然船员们非常喜欢它，但是对待它还是特别谨慎。如果它不守规矩，船员们不敢擅自采取强硬措施，而是找我们帮忙。当我们最终驶入三马林达时，查理跑进驾驶室，坐在老船长的手肘旁，似乎在向全世界宣告，它是一名编外的船员。

婆罗洲之旅到此结束。在此之前，我们已经在一艘大型商船——"卡拉顿号"上预订了几个铺位，打算第二天前往泗水。我和查尔斯、萨布朗开始计划如何把所有的动物及行李运到船上。我们知道，让"克鲁温号"的船员充当搬运工是对他们人格的侮辱。然而，当天晚上马纳普却跑过来，粗声粗气地告诉我们，老船长已经向港务局提出申请，请他们允许"克鲁温号"停靠在"卡拉顿号"旁边，如果我们愿意的话，他和他的同伴会帮我们转移装备。这让我们非常感动。

查理享受着下午在船上的自由时光

他们干劲十足，没一会儿就把所有的东西拖上"卡拉顿号"陡峭的"铜墙铁壁"，大声地向笼子里荡来荡去的动物做愉快的道别。在萨布朗的统筹安排下，动物们被妥善地安置在甲板上一个安静的角落里，我们所有的行李也都安全地锁在船舱里。当运完最后一件行李时，全体船员——老船长、希达普、轮机长、杜拉和马纳普列队站在船舱外和我们道别。他们一个接一个地和我们热情握手，为我们接下来的旅程送上诚挚的祝福。告别他们，让我们十分难过。

第八章
艰险的征程

如何前往科莫多岛，似乎不是泗水的当地人操心的问题。科莫多岛距离这里大约有 500 多英里，它是从爪哇岛向东延伸至新几内亚的一连串岛屿中的第五座，这条岛链长约 1 000 多英里。我们认识的政府官员们也说不出怎样才能到那里，我们只能自己摸索。

船务公司的职员甚至从未听说过这个地名，我们不得不在地图上给他指出，松巴哇和弗洛勒斯两个大岛之间的那小黑点就是科莫多岛。地图上纵横交错的黑线代表他们公司船只的航线，这些线似乎都在刻意避开它。只有一条沿着岛链向东环行的航线，好像给我们带来些许希望。它首先抵达松巴哇岛的一个港口，然后绕着松巴哇转一个大弯，途经科莫多岛，最后抵达弗洛勒斯岛。无论这艘船停在松巴哇还是弗洛勒斯的港口，这两个地方与科莫多岛之间的距离都在我们可以接受的范围内。

"这艘船什么时候起航？"我指着地图上的黑线问道。

"下一趟吗，先生？两个月之后。"那个工作人员热情地回答道。

"两个月，"查尔斯咕哝道，"三个星期之后我们就已经在英国了。"

"我们在泗水能不能租一艘小船，直接去科莫多？"我不顾查尔斯悲观的情绪，继续问道。

"没有，"办事员说，"如果有的话，你也办不到。租船需要很多烦琐的手续。警察、海关和军队，他们不会给你们颁发许可证的。"

最后，航空公司的官员们向我们伸出援助之手。我们在他们的帮助下发现，如果能向北飞到苏拉威西岛上的望加锡，或许能赶上一架每隔两周飞往帝汶岛的小型飞机。弗洛勒斯岛是一座长约 200 英里的香蕉形岛屿，毛梅雷在距离其东端不到 40 英里的地方，科莫多岛在距离其西端 5 英里的海域。地图上显示有一条沿着弗洛勒斯海岸线延伸的道路。如果能在毛梅雷租一辆轿车或卡车驶上这条公路，我们的麻烦将迎刃而解。

我们在泗水找到几个听说过毛梅雷的人，然而他们当中没有一个人去过那里。其中最可信的是一个中国人，他说他有一个远房亲戚在毛梅雷开商店。

"汽车，那里有很多汽车吗？"我问他。

"很多，很多，我保证。我给我的亲戚泰生发一封电报。他会安排好一切。"

我们再三致谢。

"这很容易，"当天晚上我对达恩说，"我们先飞到望加锡，然后再搭乘飞机飞到毛梅雷，找到我们中国朋友的姐夫，向他租一辆卡车，开上 200 英里，到达弗洛勒斯的另一端，最后再找一条独木舟，穿过 5 英里宽的海峡，到科莫多岛。接下来，我们要做的就是抓住科莫多巨蜥。"

　　望加锡是个饱受战乱困扰的小镇。目前，苏拉威西大部分地区仍在叛军手中，他们会时不时地离开位于山区的总部，到城郊伏击来往于城镇和机场之间的卡车；所以这里的士兵们严阵以待，身着丛林绿的军装，手持轻机枪和手枪，在机场来回巡逻。移民局的官员一直小心翼翼地劝我们离开，直到武装护卫队同意把我们送到镇上过夜。第二天，查尔斯、萨布朗和我返回机场，登上一架十二座的飞机，再次朝着东南方向前进。我们坐在飞机上，只见小岛一座接一座地从飞机下掠过。这些说是小岛，其实不过是覆盖着焦褐色草皮的大土墩，几棵绿色的棕榈树点缀其间，四周围绕着白色的珊瑚沙滩。参差不齐的海岸线外，珊瑚礁闪烁着驳杂的绿色，直到海底突然落到礁石之外，海水又恢复成明亮的孔雀蓝。漂浮在我们身后的那些岛屿看上去几乎完全一样，我确信科莫多岛也不会有什么特别之处。然而，这些小块的土地上没有巨大的蜥蜴；科莫多和它周围的小岛是科莫多巨蜥唯一的栖息地。

飞机嗡嗡地飞行在黄玉色的太阳和蔚蓝的大海之间，穿过万里无云的天空。两个小时后，一座大山突然从前方朦胧的地平线上拔地而起，比我们以往见过的任何一座山都要大。这就是弗洛勒斯岛。飞机降落时，我们感觉到它以越来越快的速度向覆盖着珊瑚礁的洋面俯冲。我们面前是嶙峋的火山山脉，飞机掠过海岸线，掠过白色教堂周围的茅草屋，直到前轮颤抖着触碰到长满青草的跑道。

一栋刷成白色的建筑是机场唯一的标志，表明飞机降落的这块草地是一座正规机场。建筑前面站着一群围观我们到来的民众。我们看到建筑旁边停着一辆卡车，前保险杠上坐着两个人，感到如释重负。机上的乘客，包括我们在内，跟着机长和副机长走进那栋建筑，十几个穿着纱笼的男人面无表情地看着我们。从体型上看，他们与爪哇岛和巴厘岛上身材矮小的直头发的人种有很大的不同。他们头发卷曲，鼻翼更宽，更像新几内亚和南海的人。一个戴着草帽、穿着厚格子裙的女孩好像是航空公司的工作人员，她见我们出来，立马迎上来为机组人员填写表格。没有人冲上前来迎接我们。我们的行李被装在一辆手推车里送了过来，又被卸到地板上。我们不停地在行李周围徘徊，希望泰生能通过它上面显眼的标签认出我们。

"下午好，哪位是泰生先生？"我用印尼语大声地喊道。

靠在墙上的男孩们把目光从设备转移到我和查尔斯身上，其中一个咯咯地笑着。穿格子裙的女孩挥舞着她的文件，急匆匆地走上飞机跑道。

这些人继续茫然地看着我们，直到一个戴着大檐帽、自称是海关官员的人出现。

"这是你们的吗，先生？"他指着地上的行李问道。

我会心一笑，用在飞机上演练了很多遍的印尼语和他解释起来。

"我们是英国人，来自伦敦。很遗憾，我们只会说一点点印尼语。我们是来拍电影的。我们有很多文件，有来自雅加达信息部、新加拉惹小巽他群岛总督、印度尼西亚驻伦敦大使馆的，还有英国驻泗水领事馆的。"

每提到一个当局，我就会拿出一封信或者一张通行证。海关官员看到这些文件时，就像饥肠辘辘的人见到美味的大餐一样。正当他消化的时候，一个胖乎乎的、汗流浃背的中国人从敞开的门口冲了进来。他张开双臂，朝我们笑了笑，然后说了一连串印尼语，不仅语速快，而且声调也很高。

我勉强听懂前面几句话，但他的语速实在是太快，后面的话我一句也没听懂。我曾两次试图用我的话打断他的长篇大论（"我们是英国人，来自伦敦。很遗憾，我们只会说一点点印尼语。"），然而并不起任何作用，所以在他说着我听不懂的东西时，我只能像小迷弟一样注视着他。他穿着皱巴巴的卡其布裤子和衬衫，说话的时候不停地用一条带着红色斑点的手帕擦拭额头。他的额头最让我感兴趣，因为他足足剃了3英寸的发际线，这使得他的眉毛看上去特别突出，比一般人的眉毛要深得多。我开始专注于想象他原来的样子，那如牙刷毛一样硬的黑发和浓密的眉毛之间的距离，以前显然应该在1英寸之内。我突然打了一个激灵，从刚才的推测中被拽回了现实，原来他已经说完。

"我们是英国人，"我赶忙说，"来自伦敦。很遗憾，我们只会说一点点印尼语。"

这时，海关人员已经完成对那堆文件的检查，并用粉笔在我们所有的行李上胡乱地标记一番。泰生笑容满面地大喊一声："Losmen!"见我没有反应过来，他又用英国传统的方式来对付我这个一脸迷茫的外国人，把我当作聋子。

"Losmen!"他在我的耳边又喊了一遍。

我终于回忆起这个词的意思，随后我们一起把行李搬到外面的卡车上，这辆卡车看起来的确是属于泰生的。在匆忙赶往城里的路上，我们只能安静地坐着，由于卡车发出的噪声太大，我们根本无法交流。

losmen类似于我们在印尼其他地方见到的宾馆。我们入住的这家，是一排深色的由水泥浇筑的房子，前面搭了一条长廊，每个房间里摆了一块长方形木板，木板的一端放着一卷薄床垫，显然这块木板是一张床。我们卸下行李，就匆匆赶往泰生那里。

我们一边翻阅词典，一边和他交流，花费了一个多小时，终于弄明白这里的状况。泰生的卡车是毛梅雷唯一能正常运转的运输工具，还是刚刚才改造好的，主要用于前往东边20英里外的拉兰托查——一个与我们想去的方向正好相反的村庄。那里的村民常常会花上一个星期来准备返回毛梅雷的旅程。这辆卡车是岛屿运输系统中的至关重要的一环，想要征用它几乎是不可想象的。泰生笑呵呵地拍拍我的背说："别担心卡车。"查尔斯、萨布朗和我忧郁地面面相觑。"不用担心，"泰生重复道，"我有更好的主意。弗洛勒斯的有色湖泊非常有名，非常漂亮，非常近。忘了蜥蜴，拍摄湖泊吧。"

我们对此嗤之以鼻。现如今，前往科莫多岛只有坐船这一种方式了。毛梅雷港或许会有一艘小汽艇？泰生使劲摇了摇头。那么可能有一条捕鱼的小帆船？"也许吧。"泰生说。他承诺帮我们找船，我们还没来得及感谢他的善良和耐心，他就开着摇摇晃晃的卡车出发了。

直到很晚的时候，泰生才驾车回来。他跳出卡车，擦了擦额头上的汗，笑嘻嘻地说一切都好。捕鱼船队已经出海，不过幸运的是还有一条帆船停在港口，他把船长带来了，和我们一起商量接下来的计划。船长穿着纱笼，戴着黑色的礼拜帽，看上去油头滑脑的。他请泰生替他谈判，自己则目不转睛地盯着地板，只点头赞同或表示反对。

此时，信风正从毛梅雷吹向科莫多，如果船长能把我们带到那里，我们应该可以继续向西，借助风力一直航行到松巴哇岛，赶上另一架飞机。船长点头表示同意。现在要解决的只有价格。我们几乎无法和他讨价还价，因为泰生和船长都知道我们铁了心要去科莫多，没有这艘船，我们永远也到不了那里。最后商定的价格非常高。船长说他第二天可以准备好一切，然后满意地离开了。

在此之前，我们需要处理很多事务。首先要去一趟毛梅雷警察局，安抚港口的海关；然后取消回程机票；最后去泰生的商店，购买行程中所需的生活物资。我们要精简购买计划，因为支付给船长的费用占了预算的绝大部分，我们必须保留一些储备金，以防在返回爪哇岛之前遇到一些突发状况，急需用钱。我们买了一些罐装的腌牛肉和炼乳、一些干果、一大罐人造黄油、几条巧克力，这些都是奢侈品，不过最主要的是一大袋米。泰生向我们保证，在航程中船长会给我们捕捉鲜鱼，加上这袋米，应该够我们吃好几个礼拜。

临近傍晚，我们带着买好的东西来到港口，然而船长不在那里，泰生把我们引荐给船上的船员——两个十四岁左右的小男孩，一个叫哈桑，另一个叫哈米德。他俩和船长一样，五官棱角分明，头发笔直。他们穿着印着格子纹的纱笼，在帮我们把行李搬上船的时候，他们撩起裙摆，只见里面还穿着猩红色的灯笼裤。

帆船比我们预想的要小得多，大约只有 25 英尺长，单桅。三角形的主帆在竹竿上随风摆动，主帆前还有一个小前桅，下方也连着一根竹竿。桅杆后面紧靠着一间低矮的客舱，舱顶距甲板不到 3 英尺，我们只能手脚并用地从门口爬进去。舱内的地板上有一张破旧的竹席，铺在三根横木上，竹席下面是货舱的入口。我们把设备一件一件地搬进货舱，安放在船底成堆的珊瑚礁上。这些珊瑚礁不仅可以起到压舱的作用，还可以作为垫石，让行李免受舱底脏水的侵害。舱底臭气熏天，混杂着盐水、可乐果和腐烂的咸鱼味。所有的行李运抵后，我们高兴地返回甲板。

船长直到下午晚些时候才出现。泰生站在防波堤上，一如既往地用手帕擦着他的额头，我们一次又一次地向他表示感谢。哈桑和哈米德扬起风帆，船长站在舵柄旁，我们正式起航了。

那是一个晴朗的夜晚，海风清新而强劲，小船在波涛汹涌的海面上急速前进。查尔斯选择睡在前甲板上；我和萨布朗，以及哈桑、哈米德睡在客舱的竹席上。很难说哪种选择更为舒适。查尔斯需要冒着被阵雨惊醒和桅杆撞击的危险，每次海浪击打过来时，距他的头部有 1 英尺远的桅杆会晃来晃去，看上去特别危险。然而，换个角度来看，他可以呼吸新鲜的空气，这是船舱里的人所羡慕的。我们在船舱里不仅要蜷缩着身子，还要忍受来自船底的恶臭。不过，我们谁也没有抱怨；毕竟，我们正在逐梦的路上。

萨布朗在船上准备做饭

我醒来的时候，航速让我意识到风速降了。透过舱门，我看到南十字座高高挂在无云的天空中，闪闪发光。不久，我再一次听到那个吵醒我的声音，一种可怕的嘎吱声让船不停地颤抖和摇晃。我奋力地从客舱爬上甲板。查尔斯也被惊醒，正在向一旁张望。

"我们撞到了珊瑚礁。"他平静地说。

我大声地呼喊，试图叫醒蜷缩在舵柄旁的船长。他毫无反应。我迅速爬到船尾摇了摇他。他睁开眼睛责备道："哎呀，先生，请不要这样大惊小怪。"

"快看。"我指着船舷激动地叫喊着，就在此时，船又开始嘎吱嘎吱地摇晃。

船长轻轻地摸了摸他的右耳。"这只耳朵不好使，听不太清楚。"他委屈地说道。

"我们触礁了，"我绝望地喊道，"现在怎么办？"

船长疲倦地站起来，叫醒哈桑和哈米德。他们拔出一根长竹竿，放在船边，使劲地把船撑离礁石。月光足以让我们看清水里的情况，只见水下几英尺处都是盘状和球状的珊瑚。水面上布满明亮的磷光，每当小船被浪花轻轻掀起，慢慢落回到珊瑚礁上时，海水就会泛起绿色的光芒。

十分钟后，我们的小船再次驶入深水区。男孩们回到船舱里安静地躺下，船长裹着纱笼，蜷缩在舵柄旁，再次进入梦乡。

这次事故让我和查尔斯惴惴不安。小船一直在这样风平浪静的海面航行，或许并没有什么危险，但我读过的旅行者在珊瑚礁上搁浅的故事总是以悲剧结尾的。我感到有点不安，对船长建立的信心开始动摇。既然难以入睡，我们索性坐在甲板上聊天，不知不觉度过一个多小时。在昏暗的地平线上，我们能分辨出一座岛屿的轮廓。小船随着海水上下起伏，上方的船帆悠闲地拍打着。在桅杆上的某个地方，一只疣尾蜥虎突然叫了几声。最后，我们不敌困意，又睡着了。

当我们一觉醒来，昨晚看到的那座岛的位置竟然和六个小时前完全一样，显然昨天夜里小船没有前进1英寸。整整一天，我们都静静地待在那里，在蓝色的如玻璃一样的水面上缓慢地旋转着。我们坐在船上抽烟，然后把烟头随手扔到一边，就这样，到了晚上，平静的水面上聚集了越来越多的垃圾。我们一直目不转睛地盯着前面的岛。哈桑和哈米德爬进船舱睡觉。船长则躺在舵柄旁，将双手枕在头下，茫然地望着天空，他偶尔会心不在焉地用假声大吼几声。我想这是一首歌，起初还有点意思，但过了几个小时，我们发现它有点烦人。白天慢慢过去了，我们安顿下来，又过了一夜。早晨醒来，小岛的位置还是一点没变，越看越让人厌烦。我们一整天都躺在船上，期待着能来一阵风，吹动桅杆上垂下来的帆。昨天的烟头仍在几英尺外死气沉沉地漂着。查尔斯和我坐在烈日下，双脚悬在温热的水里。萨布朗在一旁忙着做饭。船上的淡水储存在一只绑在船舱木墙上的巨大石罐里。虽然上面盖着一只小陶碟，但水里还是有很多蠕动的蚊子幼虫。毒辣的太阳炙烤着海面，罐子被晒得发烫，根本不能触摸，里面的水也暖和得让人不快。不过，萨布朗却用它做出既美味又安全的饮品，他先将水煮沸，然后把消毒片溶在里面，最后加入糖和咖啡粉。炎热的气候让我们焦渴难耐，所以我们对于任何能喝的东西都来者不拒。然而，当他连续做了四顿白米饭时，我的胃口却不怎么好。

查尔斯在帆船上摄像

我爬到船尾和船长聊天，他躺在那儿不时地哼着自创的圣歌，聊以自慰。

"朋友，"我说，"我们饿了，你能捉几条鱼吗？"

"不行。"船长回应道。

"为什么不行？"

"没有鱼钩，也没有鱼线。"

"但是泰生说你是渔夫！"我很气愤。

船长吸了吸挂在右嘴角上的鼻涕。

"我不是。"他说。

这不仅扰乱了我们的饮食计划，而且引发了更多的谜团。如果他不是渔夫，那他是干什么的？我缠着他问了更多的问题，但无法得到更多的信息。

我回到船头，和查尔斯一起吃着无味的白米饭。

吃完午饭，我和查尔斯钻进客舱躲避烈日。尽管我们赤裸着上身躺在坚硬的竹席上，但是依然汗流浃背。突然，远处的喘息声让我从麻木的状态中回过神来。我将头探出船舱，只见300码外的海面上有一大群海豚。它们溅起的水花，把足球场那么大的一片海域染成斑驳的白色。海豚们似乎有无尽的活力，它们纵身跃出水面，在半空中留下优美的弧线。而那些精力不充沛的海豚则将额头伸出水面，把肺里的空气从呼吸孔喷出来，发出巨大的声响，这就是引起我注意的声音。我们刚看见它们的时候，它们正朝我们的侧面游去，因为我们的船在平静的水面上一动不动；但当我们观看的时候，它们明显改变了游向，过来观察我们。没过几秒钟，我们就被海豚团团围住。我们悬坐在船边，透过半透明的、不断变化的绿色水面，看着它在船头腾跃。它们离得那么近，以至于身上的每一处细节——鸟喙状的尖嘴，头顶大大的黑色气孔，滑稽有趣的小眼睛——都清晰可见。它们也好奇地盯着我们。

在我们周围徘徊大约两分钟之后，它们扑哧扑哧地换着气，泼溅着水花，朝地平线上的小岛游去。我们用遗憾的目光送别它们，然后再一次被笼罩在大海的静谧中。夜幕降临时，船帆轻轻地拍打着。我注意到海面上的纸片和烟头离船尾越来越远。不久之后，微风变成强风，太阳接近地平线时，我们的船便再次颠簸在波涛汹涌的海面上。一波接着一波的大浪追逐着我们。每一波海浪在袭来时，都会高高地掀起小船的船尾，与此同时，船首斜桅会深深地浸入海水中；当大浪经过后，小船猛地向后仰起，把滴水的前桅举到半空中。那一晚，我躺在客舱里睡觉的时候，靠在桅杆上的叉形枢轴不停地摇晃着，发出的声响就像一个酩酊大醉的长号手的叫喊声一样，然而这是这么久以来我听到的最美妙的声音。

第二天，海风依然强劲。在我们左侧，弗洛勒斯岛的海岸线如同一条长长的、沿着地平线展开的丝带。成群的飞鱼掠过船头，它们跟着波浪一起飞向半空，在浪花破碎之前，便从浪头中钻出来，展开蓝黄相间的胸鳍腾空而起。它们在汹涌澎湃的海浪间不停地闪避，每次可以滑翔20英尺。当一大群美丽的飞鱼经过时，它们的跳跃、扭动和翱翔，让人产生一种浪花的底部也在向前移动的错觉。

我们的专业素养提醒我们，应该用镜头来记录这次航行。查尔斯爬进货舱，组装好他的摄像机。船长蹲坐在甲板上，困倦地靠着舵柄，为了躲避阳光的照射，他把纱笼罩在身上，这构图堪称完美。帆船破浪前行，激起的浪花落在他身后。

"伙计，拍张照？"我问。

他回过神来。

"不，不！不给拍照，不同意！"他强硬地回应道。

船长显得越发神秘。他是我们见到的第一个对拍照毫无兴趣的印尼人。我刚才的行为对他来说显然逾矩了，尽管我是无意的。我试图通过闲聊的方式来弥补刚才有可能失礼的行为，查尔斯则在寻找新的拍摄题材。

"好一场风啊。"我一边攀谈，一边看着万里无云的蓝天下鼓起的白帆。

船长咕哝了一声，眯起眼睛直视前方。

"如果风一直是这样吹，我们明天能到科莫多吗？"我问道。

"或许吧。"船长回应道。

他突然停了下来,吸了吸鼻子,然后捏着嗓子发出一声尖啸。我觉得这是他想结束谈话的暗示,只得回到船头。

那一晚是我们在海上的第四晚。我想我们一定快到科莫多了,第二天早上我一觉醒来,满心期待有人告诉我,科莫多岛就在眼前。我焦急地扫视着地平线,然而映入眼帘的只有弗洛勒斯岛蜿蜒曲折的海岸线。

船长躺在捆绑在客舱旁的独木舟上打盹。

"朋友,"我问,"还有多久能到科莫多?"

"不知道。"他闷闷不乐地回复我。

"你以前去过科莫多吗?"我继续问道,试图引诱他说出更多内容,然后做个预测。

"*Belum.*"船长说道。

这对我来说是一个新词。我爬进客舱去找我的词典。

"*belum*:没有。"我读道。一种可怕的怀疑在我心底油然而生。我爬出客舱,船长又睡着了。

我轻轻地推了推他。

"船长,你知道科莫多在哪里吗?"我说。

他换了个更舒适的姿势。

"我不知道。先生知道。"

"先生也不知道。"我果断地大声说道。

他坐了起来。

"哎呀！"

我让查尔斯暂停拍摄帆船航行的特写镜头，然后回到船舱，从工具箱里找出地图。我们带了两张地图，其中一张大的印度尼西亚全域地图是我从航运公司那里求来的，上面只标注了一些必要的信息。地图所示的科莫多只是一个小小的点，不足八分之一英寸长。另一张地图是科莫多岛详细的地形图，是我根据一本科学专著临摹的，这本书非常详细地介绍了科莫多岛及其周围的小岛，但只涉及弗洛勒斯岛的最顶端。在看到科莫多岛之前，它对我们没有任何用处。

我们给船长看了印尼地图。

"船长，你认为我们现在在哪儿？"

"不知道。"

"或许他根本看不懂地图。"查尔斯提醒我说。

我不辞艰辛地用手指着地图上的每一座岛屿，读出它们的名字。

"明白吗？"我轻声地问道。

船长使劲点了点头，用手指着婆罗洲。

"科莫多。"他不假思索地说道。

"不对，"我悲伤地说道，"幸好不对。"

那一天，我们在逐渐减弱的海风中继续航行。查尔斯和我接管导航任务，至少我们能根据太阳的位置判断大致的方向，夜幕降临后，还能跟着南十字座继续前行。我们正一点点接近南边的陆地。最后一次靠近海岸的时候，那里是一片连绵起伏的群山，郁郁葱葱的山谷一直延伸到长满椰树的海岸。然而，现在这里的景色已经完全改变。群山被低矮的圆形小山丘所取代，上面覆盖着浅棕色的草皮，几棵高大的棕榈树如同巨大的橄榄绿色帽针一样矗立其中，彼此间隔很远。尽管如此，我们还是决定假设它就是弗洛勒斯。这几乎不可能是其他的岛，除非我们夜里驶过科莫多，现在已经到松巴哇岛附近了，这似乎是不可能的。

中午，一个令人困惑的岛屿群横亘在我们前方。在群岛的北面，也就是我们船首右舷的方向，小岛分布得很稀疏。距离我们最近的是被珊瑚礁围起来的小块土地，而最远处的岛则是地平线上隆起的一个鼓包。然而，在群岛的南部，岛屿分布得更为密集。垂直的悬崖、参差不齐的锥形山和形状不规则的群山，在逐渐消散的薄雾中若隐若现，很难判断哪儿是一座岛的尽头和另一座岛的起点，也很难弄清楚哪里是

前往科莫多的旅途中，哈桑在帆船上掌舵

海上风平浪静，我们停了几天，等一阵风把我们送走

海峡蜿蜒曲折的入口，哪里只是一道深深的海湾。既然已经到了这个地步，我们必须选择其中一条水道作为弗洛勒斯海峡的终点，选择另外一条作为把我们带到南部宽阔海湾的通道，那里是科莫多岛唯一安全的锚地。

真是赶巧了，我们刚进入这个令人困惑的迷宫的边缘时，海风就停了。现在，我们一动不动地漂在如玻璃般平滑的海面上，有足够的时间做选择。

这里的水很浅。透过波光粼粼的海面，可以看到海底厚厚的珊瑚。我们戴上面罩和呼吸管跳入水中。因为以前经常游泳，所以尽管水下世界在尺度、颜色、声音或动态上和水上大不相同，但是这种感觉对我们来说并不新鲜。潜入水底我们才发现，原来这里的珊瑚礁如此壮丽。在水晶般的海水中，我们好像脱离肉体，失重似的肆意遨游。海底粉色、白色、蓝色的珊瑚或长成圆丘状，或长成针状，或长成放射线状。它们有的像嶙峋的石头灌木丛，有的像巨大的砾石，表面则像大脑一样沟壑纵横。除此以外，还有一些独立的、自由生长的群落像白色的餐盘一样，分布在一簇簇如灌木丛般的珊瑚间。

紫色的柳珊瑚从其他珊瑚上发出枝来，蔚为壮观。这里到处都是海葵，其体型如此巨大，对于只在更冷的水域中见过它们的人来说简直难以想象。它们五颜六色的触须形成了一条几英尺宽的地毯，当海流经过时，它们如同一片随风摇曳的玉米。

　　鲜活的皇家蓝海星在珊瑚丛之间的白沙上闪烁着。凶猛的库氏砗磲将四分之三的身体埋在沙里，张开皱巴巴的外壳，露出鲜绿色的肉质外套膜。我用棍子轻轻地戳了一下，它的外壳无声无息地闭上，像老虎钳一样紧紧地夹住棍子，整个过程非常迅速。砗磲和海星中间躺着一群长有粉红色斑点的黑海参。成群的鱼儿在水中游动。

　　生活在珊瑚礁中的众多生物初看上去毫无规律可循，然而很快我们便意识到这些生物之间有着微妙的内在联系。鱼群中最亮眼的那一种只在稀疏的珊瑚丛之间出没，它们是一种微小的生物，有着强烈而耀眼的蓝色，看起来几乎是炽热的。尤氏鹦嘴鱼的下颌布满黄色的纹理，它们只在粉红色的鹿角轴孔珊瑚中游荡，在那里用小嘴啃食珊瑚虫，那是它们最主要的食物。一种体型较小、外形精致的绿鱼，通常以二十多条的数量组成一个小群体，它们只在自己固定的鱼群里活动，除此以外，每个鱼群都有一块自己专属的领地。我们靠近时，它们四散而逃，但是当我们离开后，它们会再一次回到自己的领土上。要是能在海葵丛中发现橙色的雀鲷就太棒了，它们能在海葵的触须间自由穿梭，而且不会受到任何伤害，这种技能完胜那些冒险靠近海葵的鱼类。

我们的冒险被一阵大风终结。小帆船再次开始向东航行，可我们不愿这么快就与珊瑚礁作别，于是我们把绳索套在船舷上，抓着悬在水里的绳子，让船慢慢地拉着我们掠过礁石。我们发现每前进 1 码，海底就会出现新奇的变化。珊瑚离我们越来越远，深绿色的海水突然间变成了深深的靛蓝色，海底消失在看不见的深水中。我们带着遗憾爬上船，因为深海里可能会有鲨鱼。

我们趴在热乎乎的甲板上，将地图铺在面前，试图把上面斑斑点点的色块与身边数不清的岛屿一一对应。船长蹲在我们身后，并没有帮什么忙，只是在我们的肩上不住地叹息，悲观且沮丧地喃喃自语着。

后来，我们认定右舷方向那个远离群岛的孤岛，是地图顶端标注出来的岛，因为它们的情况非常相似。这个假设可能不正确，我们看到的岛或许根本不在地图上；但是不管如何，这是目前能找到的唯一解决方案，我们决定将其作为寻找路线的基准。最终，我们到达两岛之间的豁口，希望这是通往科莫多岛的入口。我问船长是否认同，他摊开手耸了耸肩。"或许吧，先生。我不知道。"

如今，唯一能做的只有不断地尝试。

接下来的三个小时是这次探险中最惊险的时刻。如果我在看地图时更仔细、更明智，我就能做更多的准备。弗洛勒斯、科莫多和松巴哇岛是一条长数百英里的岛链的一部分，正是这条岛链将弗洛勒斯海和印度洋分割开来。因此，这条岛链上缺口处的潮汐会异常凶猛。我们正朝着其中的一个缺口驶去。

天逐渐暗下来，和风吹拂，在我们晃晃悠悠地朝南航行时，船帆被吹得鼓鼓的。我们对此感到特别开心，如果海风一直这样吹，我们晚上就能抵达科莫多海湾。突然，船帆开始吱吱作响，海浪剧烈地拍打着船头，在这些声响中，我们听到一阵来势汹汹、持续不断的咆哮。只见前方几码远的地方，海水在向南的烈风和向北的激流的夹击下，被撕得粉碎，形成一个个漩涡，周围激起一堆白色的泡沫。我们猛地冲进一个漩涡，凶猛的撞击不仅让船上的每一根木头都在晃动，还让小船偏离原来的航线整整 20 度。船长立马冲到船头，纵身跃上船首斜桅，紧紧抓住绳索，在翻滚的海水的轰鸣声中，对着舵柄旁的哈桑大声地发号施令。船上的其他人则奋力地撑住竹竿，以防小船触礁。

小船摇晃得非常厉害，我们唯一能做的就是在颠簸的甲板上站稳。大家拼命地把竹竿插到礁石上，湍急的海水几乎要把它们从我们手上夺走。我们全力以赴地投入与海水的战斗中，直到小船最后在大风的驱使下挣扎着脱离漩涡，驶入更深的水域。这里的水流仍然很危险，但是我们无能为力。直到现在，我们才有时间集中精力和感到害怕。返航是不可能的，海风正从船后吹来；如果现在决定返回，只能采取一种自杀式的做法，那就是卷起船帆，放弃与潮汐的搏斗。我们义无反顾地继续前行。没过几秒钟，小船被吸入另一个漩涡，不停地起伏。

这场战斗持续了一个小时，我们所有的注意力都集中在大海上。幸运的是，帆船吃水很浅，躲过很多深水的礁石；那些离水面很近的礁石足以摧毁我们，然而激起的乳白色浪花又让它们非常显眼，在哈桑熟练的操作下，帆船巧妙地避开它们。大风不停地刮着，我们祈祷它能一直持续下去，一旦风力减弱，我们根本无法在汹涌的潮水中取得任何进展。

呼啸而过的海水和绷紧的船帆让我们产生一种错觉，以为行进的速度非常快，其实不然；如果以海岸作为参照物，现在的船速慢得可怜。最后，小船终于通过海峡中最窄的一段。前面的水道越来越宽，漩涡也越来越少。尽管如此，我们还是不敢冒险进入海峡中部，天已经黑透，我们不指望在这样的环境下，提前躲避那些被海浪标记的礁石。船长决定靠岸。我们慢慢地强行绕过一个岬角，进入另一片水域，虽然那里水流湍急，但和我们刚刚途经的漩涡相比，简直算是平静了。当我们筋疲力尽地靠在竹竿上时，我仍然觉得有机会在当晚抵达科莫多海湾。前面是一个小小的海岬，海岸沿着它缓缓地上升。就在我们即将抵达时，水流突然静止。小船悬浮在那里，既不前进也不后退。我们打算用仅存的力气将它撑上岸。起初，我们还按英尺计算前进的距离，后来干脆改成英寸。前方 50 码的水面看上去很平静。如果我们能通过这个小岬角，所有的困难都将终结。我们又撑了一个小时。

最后，大家都精疲力竭，只好放弃，任凭水流压制海风作用在船帆上的推力。小船慢慢向一个小海湾退去，偏离主要的水流，后面是垂直的崖壁。我们抛下船锚，安排两个人拿着竹竿站在船上，避免小船触礁，其余人则躺在甲板上睡觉。我们谁也不知道旁边的岛屿是不是我们魂牵梦萦的科莫多岛。

第九章

科莫多岛

当第一缕曙光照射到海面时，我挣扎着从睡了三个小时的甲板上爬起来，伸了伸僵硬的四肢。查尔斯和哈桑还在值班，只见他们靠在客舱的舱顶上昏昏欲睡。尽管此时潮水已经退去，小船再也没有像昨晚那样被冲到礁石上的危险，但是他们仍然手持竹竿随时待命。萨布朗端着一锅加了消毒片的咸咖啡走来，我们满怀感激地小口啜饮。这时太阳在背后的地平线上露出一角，暖暖地照在我们半裸的身体上。阳光同样照亮了我们面前那三座轮廓参差不齐的小岛，这些小岛像屏风一样矗立在一排更遥远、更朦胧的山前。左边 2 英里外的地方有一条海岸线，岸上是一座近乎对称的金字塔形山。海岸线向那三座岛屿延伸而去，只不过还未抵达小岛便没入海中，留下一条狭窄的缺口。我们推测这一定是通往印度洋的门户。我们希望右边的那块陆地，也就是昨晚我们避风的地方，就是科莫多岛。这是我们第一次在白天目睹它的全貌，我扫视了一下头顶上那长满青草的陡峭斜坡，幻想着能有一个布满鳞片的巨蜥脑袋从岩石后面伸出来。

现在，海面风平浪静。我们用竹竿慢慢地把船撑离海湾。海峡中心的海水仍在猛烈地涌动着，没有海风提供动力，我们不敢冒险进入更深的水域，只能继续在海岸边撑竿前进。根据地图，我和查尔斯断定前面那排如屏风一般的小岛守卫着进入科莫多海湾的入口。当我们离小岛还有 1 英里远的时候，海水变浅了，船的龙骨被海床刮得嘎嘎作响。如果不涨潮的话，我们就无法前进。

在甲板上静坐三个小时，等待奇迹发生，实在是太煎熬了。我和萨布朗丢下查尔斯、船长及其他船员，爬到独木舟里，打算划到前面确认一下小岛背面是否存在海湾。

我们朝岸边划去。水底长着茂密的珊瑚，与我们的独木舟经常只相距几英寸。偶尔也有几个硕大的如岩石一般的脑珊瑚，能长到距离海面不足 1 英寸的地方。如果我们不小心撞到它们，小独木舟肯定会倾覆，半裸的我们很有可能被扔进由鹿角轴孔珊瑚组成的"石林"里。然而，萨布朗是一位出色的独木舟大师，他能早早地预见前方的危险，轻轻一挥桨，就把独木舟转到安全的方向。当我们挥桨时，一种长约 12 英寸的细长的鱼三三两两组成一群，从前面的水里一跃而起，在水面上肆意嬉戏。它们的身体与海面成 45 度角，只有尾尖在水里快速地摆动着，驱动它们前进。它们会以这种姿势在海面游行几码，然后钻进水里消失不见。

不一会儿，我们抵达那条由三座小岛组成的岛链。当我们穿过右边那座岛和大陆架之间的海峡时，一个壮丽的海湾豁然展现在我们面前。海湾四周是光秃秃的褐色山脉，陡峭而荒凉。远处有一条细长的白色曲线环绕着海湾的紫色水域，那是一片洁白的沙滩。在它上方的山脚下，一片深绿色映入眼帘。

我们猜测那是一片棕榈树林，可能用于遮蔽村庄。我们急切地向海湾更深处划去。没过多久，我们看到了架在海滩上的独木舟，以及棕榈树之间的几间灰色茅草屋。现在，我们可以拍着胸脯说，过去几天的航行方向是完全正确的。这一定是科莫多岛，因为它是整个群岛中唯一有人居住的岛屿。

我们把独木舟拖上沙滩，一群光着屁股的小孩站在岸上围观。我们穿过满是珊瑚和贝壳的沙滩，朝木屋走去。这些木屋建在一排干栏上，位于沙滩和陡峭的崖壁之间。其中一间小屋前蹲着一个老妇人，她身边铺着一块粗糙的棕色纱布。她从篮子里取出干瘪的贝壳肉，小心翼翼地把它们摆在纱布上，一排一排的，特别整齐，这样它们就能在烈日下晒干。

"早上好，"我说，"请问帕丁吉家在哪里？"

她抬起满是皱纹的脸，眯着眼睛捋了捋面前灰白的长发。看到村里来了两个陌生人，她没有流露出任何惊讶的神情，只是指了指远处的一间小屋。那间屋子比周围的要大一些，也没有那么破旧。我们赤着双脚径直走过去，脚下的沙子热辣辣的，一路上只有孩子和几个老妇人关注我们。帕丁吉站在小屋门口迎接我们。他是一位年长的男人，下身围着一条干净漂亮的纱笼，上身穿着一件白衬衫，额头上戴着一顶黑色的礼拜帽。尽管牙齿已经掉光，但他还是咧开嘴露出热诚的笑容，同我们两人握手，随后将我们邀请到屋里。

我们进屋后才意识到为什么在村里没遇到几个人，只见小屋的地上铺着藤席，上面坐满了男子。5码见方的房间里除了一个华丽的大衣柜外，几乎没有其他任何家具，即使这样，大衣柜上贴的镜子还是斑驳不清。房间有三堵木制的墙，正对着门的那一面则是一块用棕榈叶编织的屏风。屏风的一边挂了一块脏布，正好遮住通往小屋另一侧的通道。后来我才知道，那里是做饭的地方。四个年轻的女人躲在布帘之后，小心翼翼地掀起一角，睁着铜铃般的大眼睛偷瞄我们。帕丁吉示意我们坐在地板中央的一小块空地上。一个女人掀起帘子，踏着小碎步艰难地穿过拥挤的男人。她象征性地弯着腰，努力让自己的头低过男人们的头，这是一种传统的表示尊重的方式，然后她将一盘炸椰子糕摆在我们面前。另一个女人拿着几杯咖啡紧跟其后。帕丁吉面对着我们盘腿坐下来，与我们一起享用食物和饮料。结束漫长的问候之后，我开始尽我最大的努力，以他们听得懂的话语介绍我们是谁，来这里的目的是什么。如果遇到不会用马来语表述的词汇，我会向身边的萨布朗寻求帮助。他总是能猜到我想要表达的意思，然后立即提示我。然而，有时为了找到更合适的单词，我们会出现一些小意外，进行一场匆忙的磋商；有时我也会在没有提示的情况下，创造一些新的单词或短语，萨布朗会微笑着用英语低声地说"很好"，以示鼓励。

帕丁吉一边听，一边笑着点头，我给大家分发了香烟。大约半小时后，我不失时机地向他们谈一些实质性的问题，请他派人支援我们在浅滩上搁浅的帆船。

"先生，是否有人可以到我们的船上，然后带着它驶过暗礁？"我说。

帕丁吉笑了笑，随即点头表示同意。"我的儿子哈林可以。"

然而，他显然不认为这事非常急迫，而是又让人端上更多的咖啡。

帕丁吉换了一个话题。

"我生病了，"他说着，伸出了裹着白泥、肿胀得很厉害的左手，"我抹了很多这种药泥，却一直没见它有所好转。"

"船上有很多很好的药。"我说道，希望把他的思路引回我们急需解决的问题。他轻轻地点点头，然后要求看看我的手表。我解下手表递给他，他仔细研究一番，又传给其他人，他们羡慕地看着，还放在耳边听听。

"非常好，"帕丁吉说，"我很喜欢。"

"先生，"我回应道，"这个不能送给您。这块手表是我父亲送我的礼物。不过，"我明确地补充说，"我们船上有很多礼物。"

这时他又命人端上来一份炸椰子糕。

"你们拍照吗？"帕丁吉问道，"有一次我们这儿来了一个法国人。他会拍照。我非常喜欢。"

"我们也拍照,"我答道,"我们船上有照相机,等船一到,我们就给大家拍照。"

最后,帕丁吉认为和我交流的时间足以满足海关的要求,便结束了这漫长的对话。大家从小屋鱼贯而出,走到沙滩上。他指了指架在海岸边的有舷外支架的独木舟。

"那是我儿子的船。"帕丁吉说完便离开了。

与此同时,哈林脱下他最好的纱笼,换上工作服。我和萨布朗帮他把独木舟推到海里,此时距离我们登陆已经整整过去两小时。此外,还有六个人加入我们的行列。我们竖起竹桅,然后扬起一张宽松的长方形船帆。借助强劲的海风,独木舟在波涛起伏的海面上急速向我们的小船驶去。

我们离开后,查尔斯并没有闲着,而是一直在拍摄海岛的风景。他的摄像机和镜头散落在前甲板上。这群科莫多男人一上船就兴奋地抓住它们。我们见状赶忙解释道,他们不能这样做,然后迅速地把所有设备打包好,放入船舱。这群人缓慢地移到了船尾。当我们从船舱出来时,他们正坐在甲板上同船长和哈桑聊天。哈林手里拿着我们那罐珍贵的人造黄油,我确信上次看到它时,它还剩下四分之三。

他用手从罐底抠出一大块黄油,涂抹在他那乌黑的长发上。我环顾一下其他人,他们不是在按摩头皮,就是在舔手

返回我们的帆船

指。我清楚地看见黄油罐空了，这意味着我们失去了所有可以用于烹饪的油脂，也就是说，即使我们想换个口味吃个炒饭，也不可能了，以后只能吃白米饭。

我气得想骂人，但是又有什么意义呢？一切都太迟了。

此时，不明所以的哈林开口了。

"先生，"他用油腻的手指擦着头皮说道，"你有梳子吗？"

晚上，小船安全地停在平静的海湾里。我们一行人坐在帕丁吉的小屋里详细讨论着接下来的计划。帕丁吉称呼这些

巨蜥为 *buaja darat*——陆地鳄鱼。据他说，岛上有很多巨蜥，由于数量太多，以至于经常有一些巨蜥跑到村里的垃圾堆觅食。我问村子里有没有人猎杀它们。他使劲地摇了摇头，表示巨蜥肉不如野猪肉鲜美，况且这里的野猪很多，没有必要猎杀它们。他随即补充道，不管怎么说，它们都是非常危险的动物。几个月前，一个村民从灌木丛中走过，不小心踩到躺在白茅草里的科莫多巨蜥，原本一动不动的巨蜥突然甩起有力的尾巴，把他掀翻在地。腿部受到剧烈抽打的村民根本无法逃跑，巨蜥转过身来对着他就是一阵撕咬，他伤得特别严重，在同伴们发现他之后不久就死了。

我们表示想拍关于巨蜥的照片，便问帕丁吉应该怎样做才能吸引到它们。他毫不迟疑地说道，这些家伙嗅觉非常灵敏，在很远的地方就能追踪到腐肉的气息。晚上，他会去宰杀两只山羊，第二天一早让他儿子把它们带到海湾的另一边，那里有很多巨蜥，一切会非常顺利。

这是一个晴朗的夜晚，南十字座在齿轮状的科莫多岛上空闪烁着光芒。我们的帆船在平静的海湾里轻轻地摇曳。萨布朗设法从村里弄来二十多个鸡蛋，做了一份巨大的煎蛋卷，搭配一份清凉的、略带泡沫的椰奶，这是近一周以来我们第一顿没有米饭的晚餐。晚餐过后，我和查尔斯把双臂枕在头下，躺在甲板上看着陌生的星座在天空中盘旋。几颗巨大的流星划过漆黑的苍穹，留下耀眼的尾迹。断断续续的锣声越过黑黢黢的水面，从村里传到甲板上。我无数次幻想着明天早上可能会发生的事情，激动得直到深夜才睡着。

━━━━

我们在拂晓便起身，用独木舟把所有的设备运上了岸。我原本希望早点动身，然而哈林却耗费近两个小时才做好航行的准备。他又从村里临时召来三个村民帮我们搬运装备。在大家的通力合作下，15英尺长的、有舷外支架的独木舟被推入水中。随后，我们一行人把摄像机、三脚架和录音机，以及两具挂在竹竿上的山羊尸体装运到他的独木舟上。

当我们乘坐独木舟穿越海湾时，太阳早已高高升起，照亮了前方的棕色山脉，海水在竹制的舷外支架上激起白浪。哈林坐在船尾，手里拿着一根系在长方形船帆上的绳索，随时调整帆身，以适应多变的风。不久，我们航行至一处陡峭的岩壁下。一只雄伟的海雕站在我们上方凸起的岩石上，栗色羽毛在阳光的照射下熠熠生辉。

我们在一条峡谷的入口处登陆。峡谷里灌木丛生，低矮的灌木从山脚一直延伸至此，山坡上则光秃秃的，仅覆盖着一层草皮。哈林在荆棘丛中开辟了一条路，把我们带入内陆。

我们走了一个小时，偶然会穿过一片片稀树草原。开阔的草地上长着几棵高大的糖棕，它们细长的柱状树干直到50英尺以上的地方才开始分叉，长出浓密的如羽毛般的树叶。草原上有很多死去的枯树，没有树皮的树干在太阳的炙烤下已经开裂。这里除了昆虫聒噪的鸣叫，以及一群受到惊吓、四处逃窜的葵花鹦鹉的尖叫声之外，没有任何生命的迹象。我们蹚过一座泥泞的咸水潟湖，然后继续穿过灌木丛，朝山谷的更深处行进。岛上的气候异常炎热，低矮的云层笼罩在半空，似乎在阻止热量离开炙热的大地。

我们最终来到一道干涸的、满是砾石的河床，它如同一条大道一样宽阔而平坦。两边的河岸高出河床约15英尺，覆盖着虬结的树根和藤蔓。岸上长着高大的树木，树枝不断生长，越过河床与对面的树枝会合，形成一条高大宽敞的隧道，一直到河道的尽头。

哈林停下来，放下扛着的设备，说道："就在这儿吧。"

我们首先要做的，是制造能够吸引巨蜥的气味。山羊的尸体在高温下已经轻微腐烂，肿胀得像一面鼓一样。萨布朗在每只山羊的底部划一道小口，一股恶臭的气味喷涌而出，发出咝咝的声响。接着，他割下一些羊皮，放在小火上烘烤。哈林爬上一棵棕榈树，砍下几片树叶；查尔斯用这些棕榈叶搭了一个简易的掩体；我和萨布朗把山羊尸体固定在15码外的河床上。一切准备就绪后，我们躲到棕榈叶后静静地等待。

没一会儿，天上下起小雨。雨水轻轻地拍打着我们头顶的树叶。哈林摇了摇头。

"不好，"他说道，"巨蜥不喜欢下雨。它会待在家里。"

我们的衬衫越来越湿，雨滴在我的后背汇集成一道水柱，缓缓向下流，我开始觉得巨蜥比我们明智得多。查尔斯把他所有的设备密封在防水袋里。空气中弥漫着山羊肉腐烂的气味。雨很快停了，我们离开不断滴水的掩体，坐在宽阔的河

等待科莫多巨蜥

床上晾晒湿漉漉的衣服。哈林忧郁地认为巨蜥不会离开巢穴，除非太阳完全出来，微风把周围腐烂的山羊肉散发的气味吹到它们的洞里。我闭上眼睛，苦闷地躺在河床柔软的砾石上。

当我再次睁开眼睛，我惊奇地发现自己竟然睡着了，环顾四周，原来不仅是我，查尔斯、萨布朗、哈林，以及其他所有人都睡得很熟，他们或是把头枕在彼此的膝盖上，或是枕在我们的设备箱上。我突然意识到，如果巨蜥不顾雨天，贸然跑出来，把所有诱饵都叼走，那也是我们活该。幸运的是，山羊安然无恙地躺在那里。我抬起手腕看了看表，现在是下午三点。虽然雨已经停了，但云层仍然没有任何消散的迹象，巨蜥今天被引诱出来的可能性不大。我们要离开一夜，我想至少要搭建一个陷阱。时间非常宝贵，所以我叫醒了所有人。

在过去的几周里，我和查尔斯经常与萨布朗讨论捕捉科莫多巨蜥的陷阱的最佳搭建方案。最后，我们决定采用萨布朗在婆罗洲猎捕豹子时用的那种陷阱。它的最大优点是，除了一段粗壮的绳子外，制造它所需的材料都能从森林中找到。

陷阱的主体部分是一个大约 10 英尺长、带有顶棚的矩形围墙，只要有木头，这很容易建造。哈林带着其他几位村民，从岸边的树上砍了一些结实的枝干。我和查尔斯挑了最结实的四根，用一块大石头把它们夯进河床，作为陷阱的四个角柱。与此同时，萨布朗爬上一棵高大的糖棕，砍下几片扇形的大叶片。他把它们的茎劈开、压碎，在一块巨石上不停地敲打，让叶片中的纤维变得柔韧，再把析出的纤维用力地捻在一起，最后递给我们一根结实耐用的绳子。我们用这些绳子在角柱之间绑上长长的水平木杆，然后在有必要的地方再插上一些木棍，用于加固。半小时后，我们搭起了一个一端敞开的矩形箱子。

接下来要做的是陷阱的门。我们用萨布朗的绳子把木桩绑在一起，垂直的木桩的底部被削得很尖，当门落下的时候，它们会深深地扎进泥土里。我们设法让陷阱最下边的横木与角柱部分重合，陷阱被触发后，科莫多巨蜥将无法从里面把它推开——如果我们能逮住一只的话。最后，我们把一块大石头拴在门上，门只要落下就很难被抬起来。

一切准备就绪，只差一个触发装置。我们先把一根长杆插入陷阱的顶部，固定在靠近陷阱封闭端的土里，再将两根木杆斜插在门的两侧，交叉系在门的正上方。我们把绳子的一端绑在门上，用于把门拉起来，又让另一端穿过交叉的木杆，拽到插在土里的立柱上。我们并没有把拉起门的绳子直接绑在立柱上，而是把它拴在一根大约 6 英寸长的小木棍上，再将它贴着立柱竖起来，用藤蔓捆上两圈，一圈靠近顶端，一圈靠近底端。门的重量将绳子拉得很紧，也防止藤蔓从立柱上滑落。然后，我们把一小段绳子系在下面的圈上，穿过陷阱的顶部，在里面绑上一块羊肉。

我将棍子捅进笼子的栅栏，猛地戳了一下诱饵，触动绳子。连在绳子另一端的藤蔓从立柱上脱落，由于受力不均，小棍子飞了起来，陷阱另一侧的门砰的一声落下。实验成功，陷阱完成验收。

捕捉科莫多巨蜥的陷阱

最后，我们在陷阱的两边堆满巨石，即使科莫多巨蜥把鼻子插进最下面的柱缝，也没那么大力气把整个陷阱连根拔起。接着，我们又用棕榈叶把封闭的一端围起来，这样巨蜥只能从敞开门的一侧看到诱饵。

做好陷阱之后，我们把剩下的山羊尸体拖到树下，用绳子把它吊在一根突出的树枝上，这样一来，它们不仅不会被吃掉，而且散发出的气味还会在山谷里弥漫，把科莫多巨蜥吸引到陷阱这边。

我们收拾好所有的装备，在细雨中走回独木舟。

晚上，帕丁吉在家里款待我们。我们坐在地板上喝着咖啡，抽着烟，首领则陷入沉思。

"女人，"他说，"在英国要多少钱？"

我不知道该如何回应。

"我妻子，"他悲伤地补充道，"花了我两百卢比。"

"哎呀！在英国，有时男人和女人结婚，女方的父亲会给男人很多钱！"

帕丁吉很惊讶，然后他装出一副一本正经的样子。

"不要把这件事告诉科莫多的人，"他严肃地说，"要不然他们会驾着独木舟跑到英国去。"

后来，话题转移到我们乘坐的帆船，特别是船长。我们抱怨来这儿所遇到的困难。

他吸了吸鼻子。

"那个船长，他不是好人。他不是我们这些岛屿上的人。"

"那他从哪里来？"我问道。

"来自苏拉威西。他从新加坡走私枪支，在望加锡把它们卖给叛军。后来政府的官员发现了，所以那个船长航行到弗洛勒斯就不会回去了。"

这就解释了很多问题——为什么船上没有渔具，为什么船长不知道科莫多的位置，为什么他不愿意让我们给他拍照。

"他和我说，"帕丁吉欲言又止，"你们离开的时候，村子里的人也许能和你们一起航行。"

"太棒了。我们非常欢迎他们的加入。他们想去松巴哇吗？"

"不是这样的，"村长无所谓地说道，"船长说你们有很多钱，还有很多值钱的东西。他说，如果有人愿意帮助他，他会从你这里得到更多的好处。"

我笑了笑，感到一丝不安。"他们来了吗？"

他若有所思地看着我。

"我不认为有人愿意来，"他回答，"你知道的，我们有很多活要做，他们也不想离开家人。"

第十章

科莫多巨蜥

第二天早晨，我们横渡海湾的时候，天空万里无云。哈林坐在独木舟的船尾，笑呵呵地指着炽热的太阳。

"太好了，"他说，"阳光充足，山羊散发的臭味会很浓，应该会有很多巨蜥的。"

我们在河口的灌木丛登陆。我迫不及待地想回到陷阱那儿，或许昨晚已经有巨蜥进入陷阱。我们一行人穿过灌木丛，来到一片开阔的稀树草原。队首的哈林突然停了下来。"巨蜥！"他兴奋地喊道。我赶忙走过去，正好看到草原的另一边，大约在50码开外，有一个迅速移动的黑影沙沙作响地钻进荆棘丛中。我们飞奔过去，那条科莫多巨蜥尽管已经爬走，但是留下了移动的痕迹。昨天的雨水汇集在草原上的浅水坑里，被早上炽热的阳光蒸发殆尽，只留下一个个光滑的泥坑。我们瞥见的那条巨蜥爬过其中一个坑，留下一组完美的足迹。

它的四肢曾陷进泥里，留下深深的爪痕，中间有一条来回摇摆的浅痕，表明这家伙在此处拖着尾巴前行。从这些脚印的间距及陷在泥里的深度，我们断定这一定是一条健壮的成年巨蜥。尽管对这个家伙的了解仅限于此，但我们已经非常兴奋。我们终于亲眼见到这种萦绕在我们脑海中好几个月的神奇而独特的生物。

我们不再纠结于这个痕迹，而是穿过灌木丛，匆忙赶往陷阱。当看到一棵距离河床不远的高大枯木时，我差点抑制不住跑过去的冲动。但我转念一想，在离陷阱这么近的灌木丛里横冲直撞，是一件非常愚蠢的事情，或许此时正有一条科莫多巨蜥围着我们的诱饵打转。我示意哈林和其他人在原地等着，让查尔斯准备好他的摄像机。我和萨布朗如履薄冰地穿过灌木丛，每走一步都小心翼翼，生怕踩断地面的树枝。葵花鹦鹉尖锐的叫声和昆虫的窸窣声此起彼伏。远处传来一种更简短、更有野性的鸟叫声。

"*Ajam utam*，那是原鸡。"萨布朗小声说道。

我扒开灌木丛，透过缝隙窥视着空旷的河床，陷阱就在我们下方几码远的地方。它的大门仍然高高地挂着。我环顾四周，根本没有巨蜥的踪影，内心不禁涌起一阵失望。我们小心谨慎地爬到河床上，去检查陷阱。我想或许是机关失灵了，诱饵已经被叼走。然而，山羊腿完好地挂在陷阱里面，上面爬满苍蝇。四周光滑的沙地上，除了我们自己的脚印外，没有任何痕迹。

萨布朗原路返回，把帮忙的村民召集起来，搬来摄像和录音设备。查尔斯则开始着手修补昨天搭建的掩体，我沿着河床走到拴着诱饵的大树旁。令人高兴的是，树下的沙子被弄乱了，显然，早些时候，这里有什么东西想抓住诱饵。走到这里我才恍然大悟，河床上的陷阱之所以没有奏效，是因为气味不够浓。这堆腐肉产生的臭味比陷阱里的那块要强烈得多。尸体上覆盖着一层漂亮的橙黄色蝴蝶，食用腐肉的时候，它们不停地扇动着翅膀。我悲伤地意识到，这才是大自然，它常常打破我们对野生动物的浪漫幻想。热带雨林中最迷人的蝴蝶不是为了寻找美丽的花朵而飞翔，而是为了从腐肉或粪便中寻找食物。

我解开绳子，放下山羊尸体，上面的蝴蝶一哄而散，和一群在我的脑袋周围嗡嗡叫的黑苍蝇混在一起。这气味实在让人无法忍受。体积大的尸体显然比陷阱里的诱饵更具吸引力，这次我们的主要任务是拍摄巨蜥，所以我把肉拖到河床上，确保掩体里的摄像机可以清楚地拍摄到它。随后，我把一根结实的木桩深深地钉在河道里，把山羊牢牢地绑在上面；这样一来，巨蜥就无法把它们拉到灌木丛里去了，如果想吃东西就只能在我们的镜头下吃。做完准备工作，我走到查尔斯旁边，和萨布朗一起坐在屏风后面等着。

太阳炙烤着大地，一束束光线穿过树枝间的缝隙，在河床的沙地上投射出斑驳的光影。我们尽管躲在灌木丛中，但是依然能感觉到滚滚热浪，身上大汗淋漓。查尔斯不得不在额头上绑一条大手帕，以防汗水滴到摄像机的取景器上。哈林和其他人悠闲地坐在我们身后聊着天。其中一个人划了一根火柴，点了一根烟。另一个人挪了挪身子，坐在一根树枝上，树枝啪的一声折断了，我觉得那声音比手枪的射击声还要大。我气得转过身来，把手指抵在嘴唇上，示意他们小声点。他们因我的动作怔住了，陷入沉默。我焦急地透过窥视孔看向诱饵，但几乎与此同时，又有人说话了。我转过身来，急促地低声对他们说话。

"不要出声。回船上去吧。工作结束后，我们会到那里找你们。"

他们看上去有点难过——也许是因为他们知道（然而当时我并不知道）科莫多巨蜥的听力非常差，这点声音根本不会惊扰到它们。尽管如此，他们发出的噪声也会让我分心。当他们站起来消失在灌木丛中时，我松了一口气。

这下子终于安静了，我只能听见一只雄性原鸡在远处不住地啼叫。空旷的河道上，一只上半身是紫红色，下半身是绿色的果鸠收拢翅膀，像子弹一样飞来飞去，除了它在空中发出的几声哨声外，再也没有其他声音。我们一动不动地等待着，摄像机已经上好胶片，备用的胶片和一组镜头放在旁边。

我趴在地上，一刻钟后觉得越来越不舒服。没有办法，我只能轻轻地把重心挪到胳膊上，舒展我的双腿。查尔斯蹲在他的摄像机旁边，摄像机的黑色长镜头穿过棕榈叶编织的屏风。萨布朗蹲在他的另一边。尽管我们隐藏的地方距离诱饵足足有 15 码远，但我们还是能闻到一股恶臭。

我们一言不发地坐在那里等待，半个小时后，身后突然传来一阵沙沙的响声。我很生气，心想一定是那几个人又回来了。我扭过身去，打算告诉孩子们不要着急，回船上等我们。查尔斯和萨布朗仍然紧紧地盯着诱饵。我转过四分之三圈，才发现那声音不是人发出的。

　　一条巨蜥趴在距我不足4码的地方，正面对着我。

　　它真是一个大家伙，我猜它从头到尾至少有10英尺长。它离得实在太近，以至于我可以清清楚楚地看到它身上的每一块鳞片。它那粗糙的黑色皮肤特别松弛，两侧垂着长长的水平褶皱，强劲有力的脖子周围也是皱巴巴的。它庞大的身子被弯曲的四肢抬离地面，头高高昂起，不时地发出恐吓，狰狞的嘴角向上弯曲，好像是挂着轻蔑的微笑，粉黄色的分叉的舌头在半闭合的嘴里不停地吞吐。我们和它之间除了几棵刚从枯叶里长出的小树苗之外，没有任何屏障。我轻轻地推了一下查尔斯，他转过身来，看到巨蜥后又轻轻推了一下萨布朗。我们三个坐在地上紧紧地盯着这个怪物。它也紧盯着我们。

　　我的脑子飞快地转着。至少在当前的情况下，它没有办法施展它最有力的武器——尾巴。我和萨布朗坐在树旁，如果它径直朝我们冲过来，到了那个节骨眼，我坚信我能很快地爬上树。至于坐在中间的查尔斯，可能会有一些麻烦。

然而，那条巨蜥除了不停吞吐长舌头外，其余的地方一动不动，如同金属铸成的雕塑一般。

最大的科莫多巨蜥

　　我们就这样僵持了一分钟，然后查尔斯轻轻地笑了出来。

　　"你们知道吗？"他小声地说道，眼睛仍警惕地盯着巨蜥，"它可能已经站在那里观察了十分钟。就像我们盯着诱饵一样，它也在专注而安静地盯着我们。"

　　突然，巨蜥发出一声沉重的叹息，慢慢地放松四肢，庞大的身躯应声趴在地面上。

"它似乎很听话，为什么不现在拍下它的影像呢？"我轻声对查尔斯说道。

"不行。现在长焦镜头在摄像机上，这个距离拍出来的画面上只会有它的右鼻孔。"

"好吧，那就冒着打扰它的风险换个镜头吧。"

查尔斯非常非常缓慢地把手伸进旁边的摄像机盒里，拿出短粗的广角镜头，轻轻地把它拧到摄像机上。他把摄像机转过来，仔细地将焦点对在巨蜥的头部，按下启动按钮。摄像机发出的嗡嗡声，此时此刻似乎变成了震耳欲聋的噪声。然而巨蜥毫不在意，仍然用它那一眨不眨的黑眼睛专横地盯着我们，就好像它知道自己是科莫多岛上最强的野兽；作为岛上的国王，它不惧怕其他任何生物。一只黄色的蝴蝶从我们头上飞过，落在它的鼻子上，它丝毫不予理睬。查尔斯再次按下按钮，拍下蝴蝶在空中飞舞盘旋，又落在巨蜥的鼻子上的画面。

"这条巨蜥，"我用稍大一点的声音咕哝道，"看起来有点傻。那畜生不明白我们为什么要建这个掩体吧？"

萨布朗抿着嘴笑了笑。

"是的，先生。"

诱饵的气味从我们身边飘过，我突然意识到我们正好坐在巨蜥和吸引它来到此地的诱饵之间。

就在这时，我听到河床那边传来一阵声响。我回头一看，只见一条年轻的巨蜥沿着沙地向诱饵爬去。它只有3英尺长，身上的斑纹比我们身旁的怪物更明亮，尾巴上有黑色的环，前腿和肩膀上有暗橙色的斑点。它以一种奇特的爬行动物步态轻快地移动着，弯曲脊梁，扭动臀部，用它那长长的黄舌头品鉴着诱饵的气味。

　　查尔斯拽了拽我的袖子，一言不发地指着左边的河道。又一条身形硕大的巨蜥朝着诱饵爬去，它看上去比我们身后的那条还要大。一时间，我们被这种神奇的生物团团包围。

　　身后的那条巨蜥再次发出一声重重的叹息，成功地将我们的注意拉回到它的身上。只见它将伸展的四肢屈起，把身体从地上支撑起来。它向前爬了几步，然后缓缓绕开我们，径直爬到岸边，顺着河堤滑到河道中。查尔斯拿起摄像机围着它转了一圈，紧接着把摄像机摆回原来的位置。

　　刚才还剑拔弩张的气氛瞬间消失了，我们长舒一口气，随即沉浸在无声的欢笑中。

　　此时，有三条巨蜥在我们面前进食，它们野蛮地撕扯着山羊肉。最大的那条用强劲的下颌直接咬住山羊的一条腿。它的个头实在是太大了，我不得不暗暗地提醒自己，它一口就能吞下一头成年山羊的一条完整的腿。它将两脚分开，开始用力向后撕扯尸体。如果诱饵没有被牢牢地系在木桩上，

科莫多岛上最大的巨蜥似乎完全不关心我们的存在

我相信它会轻松地把整具尸体拖到森林里去。查尔斯在一旁疯狂地拍摄着，很快拍完了所有的胶片。

"再拍一些照片怎么样？"他低声地说。

拍照片是我的任务，但是我的相机没有摄像机那么强大的镜头，如果想要获得满意的照片，我必须离得非常近。这样做可能会吓跑它们。此外，只要这些尸体在巨蜥够得着的范围内，它们就不会被陷阱里的小诱饵所诱惑，所以如果我们想要捕获一条巨蜥，就必须设法拿走那个大诱饵，将它重新挂在树上。这样说来，拍照似乎是一个吓唬它们的好办法。

我慢慢站起来，走出掩体，向前试探性地迈了两步，拿起相机拍了一张照片。巨蜥们继续吃着山羊，看都不看我一眼。我又向前迈了一步，拍了一张照片。不一会儿，相机里的胶卷就被我拍完了，我一个人孤零零地站在离怪物们不足2码的河床中间。除了返回掩体重装胶卷外，没有什么事可做了。尽管巨蜥们只关注它们的食物，但我在慢慢地退回掩体时，也没有冒险背对它们。

我拿着换上新胶卷的相机，更加大胆地向前走，直到距离它们不足6英尺的地方才开始拍照。我越走越近，最后两只脚甚至可以碰到山羊的前腿。随后，我从口袋里拿出一个人像附加镜头装在相机上。这时，3英尺外的巨蜥把头从山羊腹腔里退了出来，嘴里叼着一块肉。它挺直身子，猛地咬了几口，囫囵吞枣般地将肉咽了下去。我跪在地上给它拍照，它一动不动地盯着镜头看了几秒，随即再次低下头，又凶猛地撕下一块山羊肉。

我再次返回掩体，与查尔斯和萨布朗商量下一步的计划。显然，近距离接触不会吓跑这些家伙。我们决定试试声音的效果。我们站起来齐声大喊，巨蜥们对此却无动于衷。最后，我们三个一起从掩体里冲出来，才打断它们用餐。两个大家伙立马转过身，笨重地爬上河岸，消失在灌木丛中。那个小

被诱饵吸引的巨蜥

家伙顺着河道溜走了。我拼尽全力追上去，试图徒手抓住它。它迅速从低洼处爬上河岸，也消失在灌木丛中。

我气喘吁吁地跑回去，帮助查尔斯和萨布朗把山羊吊到距陷阱20码远的树上，继续等待。起初，我还担心巨蜥一旦受惊就再也不会回来。显然，我的担心是多余的。不到十分钟，那个大家伙又出现在对面的河岸上。它把头伸出灌木丛，纹丝不动地定在那里。几分钟之后，它好像才如梦初醒，从河岸上下来。它爬到刚刚诱饵所在的地方嗅了嗅，伸出大舌头感受着空气中残留的气味。它看上去非常迷惑。它抬起头环顾四周，寻找被劫走的食物。随后，它拖着沉重的脚步沿着河床爬着，令人惊愕的是，它竟然绕过我们的陷阱，直接朝着悬挂在树上的诱饵爬去。当它走到树下时，我们才意识到诱饵绑得太低了。这个大家伙以粗壮的尾巴作为支点，将后肢直立起来，用前肢猛地向下一拉，扯出山羊的内脏。它立即狼吞虎咽地吃起来，肠子在嘴边拖出一大截。这让它很不高兴，它几次想用爪子把肠子扒拉下来，但都没能成功。

大快朵颐之后，它再次沿着河床朝陷阱的反方向蹒跚前行，并且愤怒地摇着头。它停在一块巨石边，不停地刮蹭满是鳞片的脸颊，擦干净下巴。如今，它就在陷阱附近，诱饵的气味顺着风钻进了它的鼻腔。它转过身去侦察，准确无误地找到气味的来源，径直爬到陷阱封闭的一端，然后不耐烦地用前腿猛撕，扯开棕榈叶，露出木条。它把尖尖的吻部挤进木条之间，用强有力的脖子奋力一抬。令我们欣慰的是，藤条捆绑得特别结实。最后它不得不蹒跚地爬到陷阱的门口，小心谨慎地往里面瞅了瞅。它向前走了三步。现在，我们只能看到它的后腿和巨大的尾巴。它停了下来，一动不动。后来，它走进陷阱，完全消失在我们视线中。突然，咔嚓一声，触发装置的绳套松了，大门砰的一声关上，尖尖的木桩深深地埋进了沙子里。

我们兴奋地跑过去，把石头堆在陷阱的门外。那条巨蜥傲慢地盯着我们，不停地从木栅栏中伸出分叉的舌尖。我们简直不敢相信，我们就这样实现了长达四个月的旅程的目标，尽管过程困难重重，但最终功德圆满，成功捕获世界上最大的蜥蜴。我们坐在沙滩上看着战利品，气喘吁吁地相视而笑。我和查尔斯有太多的理由品尝胜利的喜悦，但跟我们才认识短短两个月的萨布朗和我们一样高兴，我确信他不光是因为捉住了巨蜥，更是衷心地替我们感到高兴。

他搂着我的肩膀，露出最灿烂的微笑。"先生，"他说，"这真是太棒了。"

第十一章
附记

没有太多可说的了，因为我们已经实现了这次探险的全部目标，余波不过是和当局陷入一场不可避免的斡旋之中，让我们拍摄的影片和设备、一路搜寻的动物，当然还有我们自己离开印度尼西亚。这场战役虽然漫长且艰苦，但并没有想象中那般尖锐，这更像是我们和政府官员一起努力，抵抗那些威胁到大家共同利益的限制和法规。

松巴哇岛的警察让我难以忘怀。松巴哇是我们离开科莫多岛后抵达的一个港口，巴厘岛上一架飞机的发动机出现故障，导致航空公司的服务中断，为此我们要在那里休整几天。城镇里没有一家客栈还有剩余的床铺，所以我们不得不睡在机场航站楼的地板上。

当然，按照规定我们还得去拜访当地的警察局，一位魅力四射的警官接待了我们，他的工作就是检查我们的护照。他紧盯着查尔斯的那本护照，然后从头开始阅读内封上铜版印刷的文字："英国女王陛下的首席外交大臣请求并需要……"看完这些之后，他有条不紊地研究每一张签证和签注，然后用铅笔在一张脏兮兮的纸上做着笔记，直到他翻阅到查尔斯那张一直有问题的外籍互换表。这件事耽搁很久，但是我们有四天的时间，所以也不是特别着急。警察局为我们提供了咖啡，我们给警察们发香烟，一切都挺和谐。最后，他合上护照，把它递还给查尔斯，问道："你是美国人，不是吧？"

在松巴哇的第二天，我们路过警察局，一个带着固定刺刀的哨兵突然跳了出来，原来是那位警官要求再见我们一次。

"先生，"他说，"非常抱歉，我昨天没有注意到，你的护照里是否有印度尼西亚的签证。"

第三天，那个警官来机场找我们。

"早上好，"他开心地说道，"非常抱歉，但是我还是必须要看一下你们的护照。"

"我不希望有任何的问题。"我说。

"不，不，先生，我只是还不知道你们的名字。"

第四天，他并没有来找我们，我料想应该是他的报告终于交差了吧。

然而，我们与其他机构的谈判并不是如此轻松愉快，我们最终被拒绝带科莫多巨蜥离开印尼。这对我们来说是一个不曾预想到的巨大打击，尽管这样，我们还是可以带剩下的动物——猩猩查理、马来熊本杰明、岩蟒、灵猫、鹦鹉，以及其他的鸟类和爬行动物回伦敦。

我们不得不将科莫多巨蜥留下，从某种意义上来讲，这并没有让我觉得遗憾。我敢保证，在伦敦动物园爬行动物馆巨大而湿热的围场里，它一定会非常开心和健康，但那样的话，它就再也不能像在科莫多岛那样，我们一回头就发现它在几英尺之外，威严壮丽地待在自己的森林里。